カギアナ入《い》り江《え》
シューシュー岩
真っ黒岩
アシカ岬
セルキー岩
シの木の見はらし台
ニムの家
ウミガメビーチ
サンゴ礁
草地
海流

Nim's Island

秘密《ひみつ》の島のニム

ウェンディー・オルー　田中亜希子 訳

あすなろ書房

秘密《ひみつ》の島のニム

もくじ

1 ジャックの出発 005

2 るす番のはじまり 015

3 アレックス・ローバー 026

4 いかだの実験 041

5 ウミガメのチカ 049

6 ニムの島 056

7 〈火の山〉登山 070

8 トロッポ・ツーリスト 079

Nim's Island

9 いかだの完成《かんせい》 096
10 ニムのピンチ 110
11 ニムのショック 123
12 アレックスの冒険《ぼうけん》 135
13 大あらし 154
14 あらしのあと 166
15 あとかたづけ 176
16 ジャックの決断《けつだん》 187
訳者《やくしゃ》あとがき 196

Nim's Island

1 ジャックの出発

広い海のまっただ中に、ぽつんとひとつ、島があります。大きなヤシの木がはえていて、木のてっぺんには、女の子がひとり。

くしゃくしゃの髪《かみ》に、きらきらした瞳《ひとみ》。首にはひもが三本かかっています。一本のひもには望遠鏡《ぼうえんきょう》、一本には笛がわりの巻貝《まきがい》、もう一本には、さやに入った赤いポケットナイフがついています。

女の子の名前はニム。望遠鏡《ぼうえんきょう》で、お父さんのジャックの船を見ているところです。小さな船はサンゴ礁《しょう》をぬけ、海の色が深い青に変《か》わるあたりにさしかかっています。

ジャックがふりかえって手をふりました。ニムもふりかえします。むこうからは見えないと、わかっていましたけれど。

白い帆《ほ》をふくらませた船はだんだん小さくなり、とうとう見えなくなりました。島にいるのはニムひとり。これから三日間、何もかも自分ひとりでしなければなりません。

「さてと、まず、しなくちゃいけないのは、朝ごはんのしたく！」

ニムはヤシの実を四こ、ドサッ、ドサッと落とすと、自分も木からおりました。それから、巻貝《まきがい》をふきならしました。ピーッ。ピーッ。二回ふくと、サンゴ礁《しょう》で魚をとっていたアシカのセルキーが、海の上にぴょこんと顔を出しました。くわえていた魚をすばやく飲みこむと、浜《はま》にむかって泳いできます。

岩かげからウミイグアナのフレッドも出てきて、とげとげの体をニムの足にまきつけました。ちょっとちくちくする、朝のごあいさつです。

「『おはよう』っていってるの？　それとも、ただの『ごはんちょうだい』？」

ニムが笑《わら》うと、フレッドはじっとヤシの実を見つめました。「ごはんちょうだい」だったようです。

ヤシの実を食べるには、コツがあります。いきなり、からをわってはいけません。だいじなジュースが、こぼれてしまいますから。ニムは大きぎと石でからにあなをあけ、中のジュースを飲みました。それから、からをわって中身をほじくりだしていると、フレッドが小さなかけらを、さっと横取りしました。ウミイグアナはふつう、ヤシの実なんか食べませんが、フレッドはくいしんぼうなのです。

セルキーが浜《はま》にあがってこようとしているのに気がつくと、ニムは、「そっちにいくね！」とさけんで、岩場から海にとびこみました。

セルキーは体をひねって水中にもぐり、ニムを乗せて泳ぎはじめました。水面に出たりもぐったりしているうちに、ニムは自分が女の子なのかアシカなのか、わからなくなってきます。とにかくすっかり「海の子」という気分です。

そのあと、セルキーとフレッドは、日なたぼっこをしに岩へいき、ニムはうちに帰りました。お気にいりの青いびんからコップに水をそそいで、歯をみがきます。それから、いつもの仕事を開始。やることは、たくさんあります。自分の仕事以外《いがい》に、お父さんのジャックの仕事もいくつかすることになっているのです。

ずっと前、まだ赤ちゃんだったころには、ニムにももちろんお母さんがいました。お母さんもジャックと同じように、海洋生物の研究者でした。

ある日、お母さんはシロナガスクジラの胃《い》の中にどんなものが入っているのか、調べに出かけました。だれもやったことがない、おもしろい調査《ちょうさ》です。

「調査《ちょうさ》はうまくいくはずで、あぶないことなんて、なんにもないはずだったんだ」

ジャックはニムに、よくいいます。

「トロッポ・ツーリストのやつらさえ、こなければ……」

トロッポ・ツーリストという旅行会社の、ピンクと紫《むらさき》の巨大《きょだい》な観光船《かんこうせん》がたまたま通りかかったのは、悲しい運命のいたずらでした。いい写真がとれるとよろこんだトロッポ・ツーリストは、ジャックが「やめてくれ」とたのんでも無視《むし》して、クジラを追いまわし……あげくに、船をクジラの鼻にぶつけてしまったのです。

クジラはパニックを起こし、海の中へすがたを消しました。深く深くもぐってしまったらしく、いつまで待ってももどってきません。そして、クジラのおなかの中にいたお母さんも、やっぱりもどってこなかったのです。

ジャックはニムを自分の船に乗せて、世界じゅうをさがしました。お母さんがどこかちがう海の上にもどっていて、連絡《れんらく》がとれずにこまっているのかも、と思ったからです。そうして何年もたち、赤ちゃんだったニムが小さな女の子になったころ、ジャックはこの島を見つけました。

こんなに美しい島は見たことがない、とジャックは思いました。白い貝がらでいっぱいの浜《はま》。あわい金色の砂《すな》。黒い岩浜《いわはま》に波があたり、くだけちるたびに、虹《にじ》を作ります。火山があって、中腹《ちゅうふく》には緑の熱帯雨林《ねったいうりん》が、ふもとには草地が広がっています。すべって遊べそうな滝《たき》も流れていて、飲み水にもこまりません。草地と白い貝がらの浜《はま》が出あうところには、くぼ地がありました。そこはまさに……「うちをたてるのにぴったり！」でした。

島の三方は、黒い岩と白い崖《がけ》に守られています。サンゴ礁《しょう》の迷路《めいろ》を、小さな船でぬうようにして進む以外《いがい》、西側《にしがわ》の浜《はま》にだってたどりつけません。

島に住みつく前に、ジャックはもう一度だけ、都会にもどりました。そして、畑に植える苗《なえ》や科学の研究に必要《ひつよう》な道具を自分の船につみこむと、島に帰ってきました。ニムとふたりでくらすためです。もう、ジャックにもわかっていました。愛《いと》しいおくさんは、海の底《そこ》からもどってこないのだ、と。

その話を聞くたびに、ニムは思います。お母さんは、人魚になったのかも……。

ジャックはじょうぶな木の枝《えだ》と流木で、うちをたてました。屋根はヤシの葉っぱ、床《ゆか》はかたい土です。懐中電灯《かいちゅうでんとう》や携帯電話《けいたいでんわ》やノートパソコンのバッテリー用のソーラーパネルと、パラボラアンテナもたてました。

ほかにも、ヤシの葉をつめたマットや、テーブル、腰《こし》かけ二こ、つくえ、本や実験道具をおくたなを作り、ヤシの実のからの器《うつわ》や、大きな貝がらの皿も用意しました。〈火の山〉のふもとに広がるゆたかな土地には、野菜《やさい》やくだものを植えて、〈ごちそう畑〉を作りました。竹も植えました。水を流す管《くだ》や水とうなどを作るためです。

島にこもっていても、科学の研究はできます。ニムも少し大きくなると、ジャックの仕事を手つだうようになりました。ふたりで気圧計《きあつけい》を読んだり、雨の量《りょう》や風力、満《み》ち潮《しお》や引《ひ》き潮《しお》のときの水位《すいい》をはかったりして、表にペンで書きこむのです。島の植物や動物の研究もしますし、海鳥の足に青いバンドをまいて、いろいろな記録《きろく》もつけています。

ときどき、ジャックは天気や植物や動物のことを記事にして、科学雑誌《かがくざっし》や大学にメールで送り、いろんな人からメールで送られてくる質問《しつもん》に答えています。ただし、熱帯《ねったい》のあらしや、イグアナや海草のことは教えますが、島がどこにあるかはぜったいに教えません。あの、にくたらしいトロッポ・ツーリストに知られたくないからです。

ジャックの島がどこにあるか知っているのは、年に一度やってくる供給船《きょうきゅうせん》だけです。供給船《きょうきゅうせん》は、本や新聞、小麦粉《こむぎこ》やイースト、くぎや服など、島では作れないものを運んできてくれるのです。でも、その船の船長だって、ニムたちの島がどんなに美しいか、見たことはありません。船が大きすぎてサンゴ礁《しょう》を通ってこられないので、ジャックたちのほうから小船を出して、供給船《きょうきゅうせん》まで荷物を受けとりにいくからです。

ジャックは新種《しんしゅ》の貝やチョウを発見してうかれているときでも、毎日かならずニムとふたりで〈ごちそう畑〉の世話をします。水をやり、雑草《ざっそう》をぬいて、食べごろになった実をとります。畑仕事の道具は、三方をかべでかこんだ物置《ものおき》にしまってあります。物置《ものおき》には、なたで切りとったバナナの房《ふさ》をかけられるよう、ロープやフックも用意してあります。

ふたりで畑仕事をしたり、夕食の魚をとったり、流木やびんなど、浜《はま》に流れついたものを調べたり――そんな時間がそのまま、ニムの「お勉強の時間」になります。「お勉強」といっても、つくえにむかうわけではありません。暗くなった浜《はま》にすわって、星の観測《かんそく》をすることもあれば、崖《がけ》の上にのぼって海鳥を観察《かんさつ》することもあります。イルカの言葉もおぼえましたし、雲の見方も、風の音の聞きわけ方もおぼえました。

ニムとジャックはアシカのうなり声や、グンカンドリの鳴き声や、プランクトンのぴくぴくした動きだけで会話をすることもあります。

なにしろ、ジャックはプランクトンが大好《だいす》きなのです。ニムのお気にいりは夜の海で光る種類《しゅるい》ですが、ジャックはプランクトンならなんでも好《す》きです。「あんなに小さいのに、あんなに重要《じゅうよう》な生き物は、ほかにいないよ」といっています。プランクトンを小さな魚が食べて、小さな魚を大きな魚が食べて、大きな魚をもっと大きな魚が食べるのですから。プランクトンがいなければ、魚は一ぴきもいなくなってしまうでしょう。

ニムはどちらかというと、目に見える動物が好《す》きです。いっしょにいて楽しいからです。だから、ジャックがプランクトン採集《さいしゅう》のために三日間、海に出るといったとき、ニムはうちで待っていることにしました。

「毎日、日がしずむころに電話するよ。メールのチェックをよろしくな。ぼくが電話をしなくて、三日たっても帰ってこなかったら、助けをよぶんだよ」

けれども、ジャックならだいじょうぶ、とニムにはわかっていました。ジャックは船をじょうずにあやつれますから。ジャックも、ニムならひとりでもだいじょうぶとわかっていました。おもり役のセルキーだって、ついています。

アシカのむれの王様が大声でほえて、「魚をとりにいくから、もどってきなさい」とか、「夜は家族といっしょにねなさい」とかよびかけても、セルキーはニムのそばをはなれないのでした。

Nim's Island

2 るす番のはじまり

一日目、ニムはいつもどおり、仕事をこなしていきました。てきぱきはたらいていると、心ぼそさも感じません。ひとりぼっちではなく、ジャックがいつものように〈シューシュー岩〉でふきだす温泉《おんせん》の量《りょう》をはかったり、カモメの巣《す》にある卵《たまご》をかぞえたりしているような気がします。

ところが、ニムがベッドに入るころ、風が強くなりはじめました。

夕方までは、風はほとんどありませんでした。ニムが浜《はま》にすわって、太陽がしずむのを見ながら電話を待っている間も、携帯電話《けいたいでんわ》がとうとう鳴って、ジャックが

「もしもし」といったときも、ヤシの木は少しも動いていなかったのです。

「おもしろいプランクトンは見つかった？」

さっそくニムがたずねると、電話のむこうのジャックが答えました。

「ああ、何百万びきもね。くいしんぼうの海鳥たちもやってきた。ぼくが魚つりをしていると思って、おこぼれをもらいにきたんだね」

「外国の鳥？」

「いや、グンカンドリとか、このあたりの鳥だ。おまえのガリレオもいたよ。ぼくの顕微鏡《けんびきょう》を魚かと思って、飛《と》んできたんだ。『魚なら、ニムにもらえ』って、いってやったよ」

それを聞いて、ニムは笑《わら》いました。

「ガリレオは、ほんとに魚を横取りしにきたよ！　一日かかって、やっとつった魚だったのに、とられちゃった。それで魚つりはもうやめて、〈セルキー岩〉で本を読んでたの」

「どの本だい？」

「『峡谷《きょうこく》は危険《きけん》のかおり』。ジャックのお気にいりの本なんでしょ？」

「ああ」

「それって、はらはらどきどきの物語だから？」

「登場人物が好《す》きなんだ。とくにヒーローとは、親友になれそうな気がしてね」

「言葉がしゃべれる友だちがそばにいたら、楽しいだろうな」

ニムがいうと、ジャックはアシカのまねをしました。

「アウアウ、ウォフ、ウー！　セルキーは、しゃべれるじゃないか。いい語《かた》り部《べ》ってわけではないがね」

ニムはセルキーをなでました。ジャックは、ほめたんだよ。悪口じゃないから、気をわるくしないでね……。

「メールのチェックを、わすれずにたのむよ。きていたら、『数日中にジャックから返事がいきます』と返信《へんしん》しておいてくれ。送信者《そうしんしゃ》がトロッポ・ツーリストだったら、べつだぞ。あのピンクと紫《むらさき》の船に出くわすくらいなら、腹《はら》ぺこのサメとあうほうがましだ！」

「あたしだって、海で大あらしにあうほうがまし！」

ニムはイグアナ流のキスをジャックにとばして、電話を切ると、うちにもどりました。このときもまだ、ほおをひんやりなでるそよ風が、かすかにふいているだけでした。

うちの中はもう、暗くなっていました。ニムはメールをチェックしました。自分にはメールを送ってくれるような知り合いはひとりもいないと、わかってはいましたが、「新着メールはありません」という画面を見ると、この広い世界にひとりぼっちになったような気がします。

「セルキー、おやすみ！　フレッド、おやすみ！」

思わず、ニムはよびかけました。

フレッドはもう、うちのわきにある小さな岩のあなの中でねむっていましたが、セルキー岩からは、アウアウという返事がきました。

ニムは懐中電灯《かいちゅうでんとう》と本を持って、マットに横たわりました。

波がサンゴ礁《しょう》をなぞり、砂《すな》をなでていく音がします。風の音も大きくなったようです。いつもの心地《ここち》いい、ジャックの鼻歌や本のページをめくる音はしません。

ニムはほんのちょっぴり、心ぼそくなりました。けれども、『峡谷《きょうこく》は危険《きけん》のかおり』をひらくと、すぐにヒーローの世界に入りこんでいました。

第二章を読みおわり、ヒーローのことを考えながら横になっていると、風はさらに強くなりました。ひとりぼっちのニムをあざ笑《わら》うように、ほえたてています。ニムは思いました。風はあたしをからかってるだけ？　それとも、木をたおして、うちをつぶしちゃうほどの大あらしになろうとしてるの？

ニムは懐中電灯《かいちゅうでんとう》をつけると、外に出ました。

月の上を雲がつぎつぎに流れていきます。星あかりはなく、雨がたたきつけるように降《ふ》りだしました。ニムはつまずいて、懐中電灯《かいちゅうでんとう》を落としそうになりながらも、セルキーのすがたを見つけました。風に負けない、たのもしいうなり声も聞こえます。

セルキーはニムの肩《かた》に鼻面《はなづら》をこすりつけ、ニムのまわりをかこむように、ねそべりました。どっしりしたアシカの体に守られていると、心ぼそさはどこかへ消えていきました。

つぎの朝、浜《はま》には、ヤシの実がちらばっていました。うちの屋根には、へこみができていましたが、ソーラーパネルもパラボラアンテナもぶじでした。

うちの中は、砂《すな》でざらざらです。『峡谷《きょうこく》は危険《きけん》のかおり』はページがめくれていて、ジャックがしおりにしていた新聞の切りぬきがふきとんで、かべにくっついています。ニムは切りぬきを本にはさむと、そうじにとりかかりました。

ドアの外で、ベッドがわりのマットから砂《すな》をふりはらい、床《ゆか》の砂《すな》をはきだすと、ぞうきんでほこりをふいていきます。パソコン、ジャックの実験道具、ニムがみがいた流木、貝がらの首かざり、明るくかしこそうな目をした、お母さんの写真。お母さんは楽しそうに笑《わら》っています。はりきっていて、とてもうれしそうです。なにしろ写真をとったのは、シロナガスクジラの調査《ちょうさ》に出かける朝だったのです。

ニムは写真をじっと見つめ、たなにもどしました。

それから、水をいれるびんを荷車にのせて、口笛でフレッドをよびました。フレッドはニムがいくところなら、どこにでもよろこんでついてきます。フレッドを首にまきつかせると、ニムは荷車を引きながら草地をぬけて、つるがからみあう熱《ねっ》帯雨林《たいうりん》のほうへのぼっていきました。

熱帯雨林《ねったいうりん》がはじまるところには、大きな泉《いずみ》があります。滝《たき》が流れおちてたまった泉《いずみ》で、ここで水をくむのです。

泉《いずみ》のむこうには、〈ごちそう畑〉があります。畑の野菜は、昨夜《さくや》の風でたおれたものもあり、ニムはつっかえぼうでささえてやりました。雑草《ざっそう》をぬき、イチゴをつみました。おつぎはバナナです。

ニムはバナナが好《す》きです。バナナをとる作業は、もっと好《す》きです。バナナを切りとるのに使うなたは、刃《は》がするどく光っていて、にぎると海賊気分《かいぞくきぶん》が味わえるからです。

「うぉー！　やろうども、かかれ！」

ニムはさけぶと、バナナの房《ふさ》をばっさり切りおとしました。

それから、物置《ものおき》までバナナを引きずっていき、天井《てんじょう》のはりをまたぐようにかけてあるロープにフックをつけて、つるしました。

「これから、バナナをつるし首の刑《けい》に処《しょ》する！」

ニムはロープのもう一方のはしを引っぱって、バナナをつりあげました。高い場所につるしておくと、バナナは熟《じゅく》しておいしくなるのです。フレッドもロープにつかまって、引っぱるのを手つだいました。

バナナを天井《てんじょう》までつりあげると、ニムはなたをかたづけ、フレッドにききました。

「暑くない？」

それが「滝《たき》すべりをして遊ばない？」という誘《さそ》いだと、フレッドにはちゃんとわかっています。肩《かた》にとびのってきたフレッドといっしょに、ニムは滝《たき》の上にむかって道をかけのぼっていきました。

山を流れる滝《たき》の水は、何千年もかけて岩をけずり、なめらかなすべり台にしていました。女の子とイグアナがすべって遊ぶのに、ぴったりです。こぶの上でジャンプしてキャーキャーいったり、水をかぶったり、しぶきをあげたりしながら、最後《さいご》に、泉《いずみ》にドボン！　ニムとフレッドは道をかけあがっては、くりかえし、滝《たき》をすべりおりました。

遊んだあとは、トマトとアボカドの昼ごはん。それからまた仕事にもどって、ニムは豆のまわりの雑草《ざっそう》を手早くぬいていきました。

「豆は、明日にはとれそうだね」

ニムはいいましたが、フレッドは知らん顔。豆は好物《こうぶつ》ではないし、畑仕事にはそろそろ、あきてきたのです。豆の葉っぱをかじりとったかと思うと、ぺっとはきだしてしまいました。

「もう、畑につれてきてあげないから！」

ニムはおこりましたが、フレッドは豆の葉っぱをまた、ぺっと出すと、のんびり荷車に乗りこみました。帰り道はくだりなので、うちまで、あっというまでした。

夕方、ニムは携帯電話《けいたいでんわ》を持って岩場にすわり、真っ赤な太陽が海にしずむのを見ていました。いつまでたってもかかってこないので、こちらからかけてみましたが、ジャックは出ませんでした。メールもチェックしましたが、こちらも何もきていません。

頭の中に、悪夢《あくむ》のような場面がうかんできました。引っくりかえる船……。しずみかけている船……。船から海に落ちて、おぼれかけながら必死《ひっし》に船を追って泳ぐ人……。

あわてていやな想像《そうぞう》をふりはらいます。あたしったら、ばかみたい。ジャックはきっと、プランクトンに夢中《むちゅう》になって、時間をわすれてるだけ。

ニムは本をひらきました。すると、すぐにニムはニムではなくなり、強くて勇《ゆう》かんなヒーローになっていました。崖《がけ》をよじのぼり、ロープで深い谷間をひとっとび……！

気がつくと、うちの中はすっかり暗くなっていました。懐中電灯《かいちゅうでんとう》の光が暗やみに負けそうです。ニムはヒーローの冒険《ぼうけん》をかみしめ、ねむるまでヒーローのままでいました。今夜はニムでいるより、勇《ゆう》かんなヒーローでいたい気分でした。

Nim's Island

3

アレックス・ローバー

太陽がのぼり、〈火の山〉をピンクにそめはじめたころ、ニムはまた、ジャックに電話をかけてみました。やっぱりジャックは出ません。というか、よびだし音さえ鳴らないのです。

こっちの電話がこわれているのかもと思って、ニムは調べてみました。パラボラアンテナやソーラーパネルなども点検《てんけん》しましたが、異状《いじょう》はありません。

ジャックの船にパソコンがないことはわかっていますが、念《ねん》のためメールもチェックしました。すると、一件《けん》、新着メールがありました。

送信者《そうしんしゃ》　トクメイキボウ@ナイショ・net
あて先　ジャックルソー@カガクシャ・net
日時　3月30日（火）　22時21分

ジャック・ルソー様
あなたが書いた「ヤシの木レポート」という記事を読みました。
ドキュメンタリー番組のように多くの発見ができて、楽しめる内容《ないよう》でした。
さて、いくつか質問《しつもん》があるのですが、お答えいただけますでしょうか。

一　ヤシの実はどのくらいの時間、水にうかぶものですか？
二　いかだの材料《ざいりょう》にできるくらい、よくうかびますか？
三　ヤシの実を使っていかだを作ることはできると思いますか？

よろしくおねがいします。

アレックス・ローバーより

「メールだ！」

ニムはさけびました。自分にきたものではないし、ただの質問《しつもん》メールですが、それでもメールはメールです。広い世界のどこかに、ニムがひとりぼっちでいることを知っている人がいて、「こんにちは」と声をかけてくれた気がしました。

送信者《そうしんしゃ》　ジャックルソー@カガクシャ・net
あて先　トクメイキボウ@ナイショ・net
日時　3月31日（水）　06時45分

アレックス・ローバー様
ジャックは今、科学の研究で手がはなせません。
本人からのお返事は、明日か、あさってになると思います。
ニムより

ニムにはやることがたくさんありました。ありがたいことです。仕事にかかりきりになっていれば、ジャックの心配ばかりしないですみます。

まず、バナナとヤシの実をまぜた朝食を作って食べました。

それから〈ごちそう畑〉にいって、畑仕事をしました。泉《いずみ》から引いてある竹の水《すい》道管《どうかん》で水やりをして、海草を畑にまいて肥料《ひりょう》にして、豆をつんで……。よくうれたイチゴをつんでいると、ニムの頭にまた、ジャックの顔がうかんできました。イチゴって、ジャックの好物《こうぶつ》なのよね……。

おとといのあらしで落ちたヤシの枝《えだ》で、新しいほうきを作り、うちの中をそうじしました。そのあと、ジャックの表に記録を書きこんでいきます。雨の欄《らん》には「なし」の文字。気圧《きあつ》と海水の温度も書きます。風むきの欄《らん》には「東」。風がむきを変《か》えて、ジャックをうちまでふきとばしてくれればいいのに、と思いました。

〈ヤシの木の見はらし台〉にものぼってみました。ジャックの船の白い帆《ほ》が見えるかも！

けれども、白い帆《ほ》はどこにも見えません。胸《むね》がキューッとなって、ニムはあわてて、自分にいいました。

「ほら、仕事はどうしたの。パンを焼《や》かなくちゃ、だめでしょ！」

パン生地《きじ》をこねて、ねかせて、ふくらんできたら、真ん中をパンチしました。生《き》地《じ》の空気と、胸《むね》のもやもやをふきとばすのです。生地《きじ》を丸めては何度もパンチしているうちに、手がつかれてきましたが、生地《きじ》はすっかりなめらかになりました。

できあがった生地《きじ》をバナナの葉っぱにくるんで、シューシュー岩に運んでいきます。

シューシュー岩は〈火の山〉のふもとにあり、ときどき熱《あつ》い蒸気《じょうき》と温泉《おんせん》がふきだします。今日は温泉《おんせん》はふきだしておらず、蒸気《じょうき》のあがる湯だまりができているだけでした。いつものように、くさった卵《たまご》のようなにおいがしますが、あたりの岩は、かんかんに熱《あつ》くなっています。

ニムは岩場にしゃがみ、生地《きじ》を八つに分けました。ひとつひとつ、ぺたんこのまるい形にととのえ、熱《あつ》い岩の上にのせていきます。

いつもなら、生地《きじ》がふくらんでいくところや、パンが焼《や》きあがっていくところを見ていると、ニムはわくわくします。小麦粉《こむぎこ》とイーストと水をまぜたものが、ふかふかのパンに変《か》わるのですから。「まさに科学だな」とジャックはいいますが、ニムは「まさに魔法《まほう》！」と思います。

けれども、今日は、生地《きじ》がふくらむのを見ても、パンが焼《や》きあがるのを見ても、気分は晴れませんでした。楽しんで作るのではなく、しなければいけない仕事だからパンを焼《や》いた、というだけです。ちゃんと、やらなくちゃ……。ニムは思いました。いつもの仕事を全部ちゃんとやれば、夜にはきっと、ジャックが帰ってくる。心配して損《そん》しちゃったって、笑《わら》いあうことになるはず……。

だから、ニムは仕事をせっせと、こなしました。焼《や》きあがったパンは、ぼうでつきさして、バナナの葉っぱにならべました。落ちている枝《えだ》をたき火用に、どっさり集めましたし、浜《はま》のすみずみまでさがして流れついたものを調べ、役に立ちそうなものをひろいました。見つけたものは、ハート形の種《たね》が三つに、きれいな貝がらが十こ。それから、木製《もくせい》のオール（それも半分に折《お》れているもの）！　いっしゅんドキッとしましたが、見なれているジャックのものではありませんでした。

ふいに、どっとつかれが出てきました。仕事はもう、じゅうぶんです。ニムはバナナのサンドイッチを作ると、岩にのぼってセルキーとフレッドの間にすわり、本の最後《さいご》の章を読みはじめました。

読みおわると、ニムは本をとじて、ため息をつきました。心が温まるラストには大満足《だいまんぞく》でしたが、本の登場人物たちと「さよなら」をするのは、なごりおしい気がします。

「もう一度読もうっと」

ニムは本の表紙を見つめ、なにげなく、タイトルを声に出して読んでみました。

「『峡谷《きょうこく》は危険《きけん》のかおり』。アレックス・ローバー著《ちょ》」

ニムが急に、「アレックス・ローバー!?」とさけんだので、フレッドが岩から転げおち、昼寝《ひるね》をしていたセルキーが、うなり声をあげました。

「ごめんね」

ニムはあやまると、本にはさんであった新聞の切りぬきを、広げてみました。

アレックス・ローバー　――ヒーローのモデルは作者本人か?

世界的《せかいてき》に有名な作家の、待望《たいぼう》の新作が刊行《かんこう》された。『峡谷《きょうこく》は危険《きけん》のかおり』(パピルス出版《しゅっぱん》　一五・九五ドル)は、はらはらどきどきのアクションと、ロマンスたっぷりの冒険物語《ぼうけんものがたり》。読みはじめれば、すぐに主人公の「ヒーロー」になりきることまちがいなし。たとえば飛行機《ひこうき》から飛《と》びおりる場面では、はげしい風に身をつつまれ、ロープに身をあずけて崖《がけ》をおりる場面では、手が汗《あせ》ばむはずだ。

さて、ここで疑問《ぎもん》がわいてくる。アレックス・ローバーは、はたして単《たん》なる作家か、それともヒーローその人なのか。

実際《じっさい》に体験《たいけん》していなければ、ここまでリアルには書けないはずだ。だが、アレックス・ローバーが無謀《むぼう》な冒険《ぼうけん》オタクとも思えない。

おそらく彼《かれ》は、征服《せいふく》した山の頂《いただき》で詩を口ずさむ登山家、秘境《ひきょう》を旅しては夜空のもと、星のかがやきをうたう冒険家《ぼうけんか》なのだろう。

ざんねんながら、本人に会ってこの推測《すいそく》をたしかめることはできそうにない。インタビューを受けるどころか、写真さえ公開しない作家なのだから。パピルス出版《しゅっぱん》で彼《かれ》の担当《たんとう》をしている編集者《へんしゅうしゃ》、ディーリア・デフォーによると、彼女《かのじょ》ですらアレックス・ローバーに会ったこともなければ、電話で話したこともないという。

「アレックスとは、メールでやりとりしてるんですよ」

「メールでやりとりしてるんですよ、か……」

ニムはもう一度そこを読みました。かっこいい、と思ったのです。でも、よく考えると、自分だってアレックス・ローバーと、メールのやりとりをしたではありませんか！

「セルキー、アレックス・ローバーはヒーローなんだよ！　フレッド、あたし、ヒーローとやりとりしてるんだよ！」

セルキーもフレッドも、ぽかんとしています。「ヤシの実」とか「魚」とか「泳ぐ」といった言葉を聞いたときには、うれしそうな顔をするのですが。

ふたりの反応《はんのう》はにぶくても、ニムは心が軽くなっていました。アレックス・ローバーがあの数々のすごい冒険《ぼうけん》を本当にやりとげたのなら、ジャックにだってできるでしょう。明日はきっと帰ってくるはずです。ジャックがいっていたとおりに。

送信者《そうしんしゃ》　ジャックルソー@カガクシャ・net
あて先　トクメイキボウ@ナイショ・net
日時　３月31日（水）　18時27分

アレックス・ローバー様
ジャックはまだ、るすですけど、もうすぐもどってくると思います。
それより、わたしはすごくうれしくなっています。あなたはヒーローだったんですね！『峡谷《きょうこく》は危険《きけん》のかおり』は、今まで読んだ中でいちばんおもしろかったです！　冒険《ぼうけん》がいっぱいで、出てくる人がみんなとても勇《ゆう》かんで、夢中《むちゅう》になって読みました。ヒーローと女の人が恋人同士《こいびとどうし》になるハッピーエンドも、よかったです。
ニムより

送信者《そうしんしゃ》　トクメイキボウ@ナイショ・net
あて先　ジャックルソー@カガクシャ・net
日時　３月31日（水）　13時32分

ニム様
おたがいのメールの送信時間《そうしんじかん》を見てください。

時差《じさ》っておもしろいですよね。昨夜《さくや》、あなたの最初《さいしょ》のメールを受けとったとき、そちらでは太陽がのぼる時刻《じこく》だとわかって、ふしぎな気分になりました。こちらから見ると、あなたは明日に住んでいるわけです！

おもしろいといえば、私《わたし》がヒーロー、ですか？

私《わたし》ほどヒーローらしくない者はいません。山のぼりもできないし、泳げるとしたら、おふろの中だけ、といったところです。記者の取材《しゅざい》を受ける勇気《ゆうき》さえありません。そのせいで、勝手な話をでっちあげられるのは、こまったものです。「アレックス」が「アレキサンダー」をちぢめた名前だと思いこんでいる記者まで、いるんですよ！

アレックス（本当は「アレキサンドラ」です！）・ローバーより

ニムは「アレキサンドラ」といえばふつう、女の人の名前であることを知りませんでした。

アレックス・ローバーのほうも、ニムが孤島《ことう》にひとりでいるなんて、思いもしませんでした。

そんなわけで、ニムはアレックスを男だと思いこんでいましたし、アレックスはニムが、お父さんはるすでも、お母さんやきょうだいとくらしているだろうと思っていました。おたがいに、すっかりかんちがいをしていたのです。

そのころ、島からはるか遠くの波間にただよう小船のデッキで、横たわっていたジャックが、ぱちりと目をひらきました。

体じゅうひりひりします。どうやら、気を失《うしな》っていたようです。何が起こったんだっけ……？　ずきずきする頭で考えているうちに、思い出しました。ああ、そうだ、あらしだ。

夜の海で光をはなつプランクトンを見ていたら、とつぜん、あらしがおそってきたのです。急いで帆《ほ》をおろしましたが、あらしはなさけ容赦《ようしゃ》なく、船をもてあそびました。デッキにたたきおとされたパラボラアンテナを救《すく》おうと、あわてて手をのばしたところで、ジャックの記憶《きおく》はとぎれていました。

ひたいに手をあてると、切《き》り傷《きず》ができています。アンテナも見あたりません。アンテナがないということは、携帯電話《けいたいでんわ》が使えないということです。急いで島に帰らないと、ニムを心配させてしまうでしょう。

ジャックはよろよろしながら、舵《かじ》ぼうのところにいきました。おしたり引いたりしてみましたが、手ごたえがありません。水中の「舵《かじ》」がこわれてしまったようです。こうなっては、船をあやつることはもう、できません。

船はただの流木のようになってしまいました。

Nim's Island

4

いかだの実験

カギアナ入《い》り江《え》は、セルキー岩のそばにあります。まわりを岩にかこまれた、おだやかな入《い》り江《え》で、あわくすきとおったエメラルド色をしています。サンゴ礁《しょう》のすきまを通って、潮《しお》が引いたり満《み》ちたりはしますが、外の波はよほど大きくないかぎり、岩の上をこえてくることはありません。そう、ここは安心して泳げる、ニムのプールなのです。

この入《い》り江《え》がヤシの実の実験をするのにぴったりだ、とニムは気づきました。アレックス・ローバーのために、ヤシの実でいかだが作れるか、ためしてみようっと。

そこでつぎの朝さっそく、ニムはヤシの実を荷車につんで、カギアナ入《い》り江《え》にむかいました。岩場まで運ぶと、もっとヤシの実をとってくるために引き返します。何度か往復《おうふく》して、二十このヤシの実が岩場にそろうと、実験開始。ひとつひとつ、波の上に投げると、ヤシの実はいったんしずみ、すぐにまたうかびあがりました。最後《さいご》の実といっしょにフレッドがとびこんだのを見て、ニムとセルキーもつづきました。ぷかぷかうかんでいる二十この実のそばで、泳いだり、さかだちしたり。明るくかがやく海中には、いつものようにタツノオトシゴや、水玉もようの魚が見えました。

日がしずむころ、ニムはまた、こちらから電話をかけてみました。ジャックが電話をかけわすれているだけかもしれないし、故障《こしょう》していた電話が直ったところかもしれない、と思ったからです。でも、電話はやっぱりつながりませんでした。

ジャックが電話をくれなくなって、今日で三日になります。このまま明日になっても帰ってこなかったら、ニムは助けをよぶことになっています。でも、そんなことになるのはいやです。

ニムは泉《いずみ》へ水をくみにいき、畑の手入れをして、豆をつみました。明日になったらジャックは、帰ってくる……。とにかく、何か連絡《れんらく》をくれるはず！

予感はあたりました。グンカンドリが一羽、さっと泉《いずみ》にとびこんで、水を飲みました。ガリレオです。足には丸めた紙が、バンドでくくりつけられています。

魚があれば、くいしんぼうのガリレオをかんたんにおびきよせられるのに……。

ニムは、必死《ひっし》によびかけました。

「いい子だから、こっちにおいで」

ガリレオは、いったん高く舞《ま》いあがり、またおりてくると、からかうようにニムの真上をかすめ飛《と》びました。でも、ゆっくり飛《と》んでくれたおかげで、足についていた手紙をはずすことができました。

ニムへ
これからガリレオに魚を一ぴきやるつもりだ。この手紙をおまえにちゃんと、とどけてくれるといいんだが。

とつぜん、あらしと戦《たたか》うはめになってしまってね。結果《けっか》はあらしの勝ち。おかげで、パラボラアンテナと、舵《かじ》の一部と、おでこの皮を少し、持っていかれたよ。

気を失《うしな》っていたのが一日か、二日なのかはわからない。こわれた舵《かじ》のせいで、うちに帰るのにもう少し時間がかかると思うけれど、助けはよばないでくれ。

愛《あい》をこめて。

グンカンドリが魚を好《す》きなのに負けないくらい、おまえが大好《だいす》きだよ。

ジャックより

ニムは手紙をふりまわしながら、セルキー岩までかけおりていきました。

「♪ジャックはぶーじ！　♪もうすぐ帰る！」

うたいながら、セルキーのまわりを、おどりまわります。

うちに急いでもどると、さっそく手紙とメールを書きました。

ジャックへ
ガリレオから手紙を受けとったよ！　ああ、よかった！　電話をくれるの、わすれたのかと思った。もっとこわい想像《そうぞう》もしちゃったけど、いわないでおくね。

このところ、ちょっと実験をしていて、いそがしいの。なんの実験かは、あとで教えてあげる。今はメールを一件《けん》、早く書きたいから。

愛《あい》をこめて。

フレッドがヤシの実を好《す》きなのに負けないくらい、ジャックのことが大好《だいす》き！

ニムより

送信者《そうしんしゃ》　ジャックルソー@カガクシャ・net
あて先　トクメイキボウ@ナイショ・net
日時　4月1日（木）　18時30分

アレックス・ローバー様
今日、わたしは実験をはじめました。ご質問《しつもん》にあった「ヤシの実でいかだを作れるか」の実験です。

カギアナ入《い》り江《え》に二十こ、ヤシの実をうかべました。

いつまでうかんでいるか、たしかめようと思っています。

岩にかこまれた入《い》り江《え》なので、ひどいあらしにならないかぎり、海に流れていってしまうことはありません。

あらしがこないよう、いっしょに祈《いの》ってください。

ニムより

バナナをむいてパンにのせ、ワカメのトッピングをふりまいて食べようとしていると、パソコンの画面に、「新着メールが一件《けん》あります」と表示《ひょうじ》が出ました。

送信者《そうしんしゃ》　トクメイキボウ@ナイショ・net
あて先　ジャックルソー@カガクシャ・net
日時　4月1日（木）　13時37分

ニム様
もしいかだがうかばなかったら、わが「ヒーロー」は大ピンチです。
全身びしょぬれになったうえ、お手上げになるでしょう。
カギアナ入《い》り江《え》というのは、どんなところですか？
想像《そうぞう》してみますね。真っ青な海に面した入《い》り江《え》で、黒い岩が丸くとりかこんでいて……波はとてもおだやかで、そこに二十このヤシの実がぷかぷかうかんで、いかだになるのを待っている……。

こんな感じかな。

カギアナ入り江《いえ》にうかぶ、ヤシの実。ふっふ、本のタイトルになりそうですね！

たくさんの感謝《かんしゃ》をこめて。

アレックスより

ニムはうれしくなりました。アレックス・ローバーの、みごとな想像《そうぞう》！　まるで、島にいてニムが実験するところを見ていたみたいです。ニムは『峡谷《きょうこく》は危険《きけん》のかおり』を読みおわったときみたいに幸せな気持ちになりながら、メールを三回、読み返しました。

Nim's Island

5

ウミガメのチカ

ニムはドアの外に出てみました。うまくすると、ジャックは今日のうちにも帰ってくるかもしれません。アレックス・ローバーからのメールを読み返すのも楽しいけれど、ジャックの船が見えたら、もっとうれしくなれそうです。

ちょうど、太陽のてっぺんが海にかくれようとしています。うすやみを通して、何かが見えました。船ではありません。緑色の点がぽつんと、海にうかんでいます。

「わーお！　チカだ！」

ニムはさけびました。

うちの中にもどってセーターを着こみ、懐中電灯《かいちゅうでんとう》をつかむと、ニムはウミガメビーチにむかいました。とっぷり暗くなった砂浜《すなはま》にたどりつくと、懐中電灯《かいちゅうでんとう》を消して待ちます。

ウミガメが島に近づいてきます。灰色《はいいろ》の波間に、丸い甲羅《こうら》がにぶく光っています。ウミガメが浜《はま》にあがってくると、ニムはそっと近づいてあいさつしました。

「お帰り、チカ」

チカは答える間もおしいというように、大きな体を引きずって浜《はま》を移動《いどう》していきました。満《み》ち潮《しお》になっても海水がとどかない場所まではいあがると、前足で砂《すな》をかきはじめます。

ニムはチカのわきにしゃがみ、見まもりました。半月が頭の上にかかり、星がまたたく中、とうとうじゅうぶんな広さと深さのある、あながができました。

チカの体から、丸い卵《たまご》がつぎつぎに産《う》みだされ、あなに転がりおちていきます。

チカが卵《たまご》を産《う》みおわり、砂《すな》をかぶせはじめると、ニムは小声でいいました。

「九十九こ！　おつかれ様」

チカは砂地《すなじ》をパタパタかため、平らにならしました。

「ねえ、チカ。あと何年かしたら、九十九ひきのウミガメがもどってきて、卵《たまご》を産《う》むかもしれないね！」

ニムの知っているかぎり、この浜《はま》にもどってきて卵《たまご》を産《う》むウミガメは、今のところ、チカだけです。けれど、今年あたり、何年か前に生まれたチカのむすめたちが、卵《たまご》を産《う》みにもどってきそうな気もします。

ニムがあごをくすぐってやると、チカは気持ちよさそうに、まばたきしました。

「むすめたちが卵《たまご》を産《う》みにきたら、会えるね。それでそのうち、むすめのむすめたちももどってきて、ひ孫《まご》たちももどってきて……ウミガメでいっぱいになるね！」

チカがまた、まばたきしました。今度のは、ねむたそうなまばたきです。

ニムはウミガメの頭のてっぺんにキスをすると、懐中電灯《かいちゅうでんとう》の光をたよりに、うちにもどりました。

チカが卵《たまご》を産《う》んだあと、どうしてすぐに島を去らないのか、ジャックはふしぎがっていました。ウミガメはふつう卵《たまご》を産《う》むとすぐ、海にもどるものなのです。でも、ニムにはわかっていました。チカは島でしばらく、友だちとの時間を楽しみたいのです。そんなこと、ちゃんとチカを見ていれば、わかることです！

つぎの朝、ニムはチカに、ジャックの災難《さいなん》やアレックス・ローバーの話を聞かせてあげました。だんだん暑くなってくると、ウミガメビーチの浅瀬《あさせ》にねそべって、セルキーもフレッドもいっしょに、うつらうつら、すごしました。

夕方、ニムは〈ごちそう畑〉にいって、食べごろのものをさがしました。レタスとトマトをサラダ用にもいで、サツマイモも一本ほりました。サツマイモは、ジャックが帰ってきたらたき火で焼《や》いて、お祝《いわ》いにするつもりです。岩場にいってカサガイをとり、デザートにするヤシの実もとりました。

送信者《そうしんしゃ》　ジャックルソー@カガクシャ・net
あて先　トクメイキボウ@ナイショ・net
日時　4月2日（金）　18時25分

アレックス・ローバー様
今日は実験中のヤシの実を調べにいきませんでした。
きのうの晩《ばん》、チカがウミガメビーチにもどってきたのです。
卵《たまご》を産《う》むところを見まもっていて、夜ふかししてしまいました。
チカは緑色のウミガメです。セルキーやフレッドとも友だちで、
今日はみんなで、ぼーっとすごしていました。
ジャックはもうすぐ帰ってくるはずです。
そうしたら、わたしのヤシの実の実験のやり方がまちがっていないか、
見てくれると思います。

ニムより

PS　カギアナ入《い》り江《え》は、あなたが書いてくれたとおりのところです！

送信者《そうしんしゃ》　トクメイキボウ@ナイショ・net
あて先　ジャックルソー@カガクシャ・net
日時　4月2日（金）　13時30分

ニム様

実験のやり方が正しいかどうかなんて、ご心配なく。熱心《ねっしん》にとりくんでくれているニム博士《はかせ》（！）に、全面的《ぜんめんてき》におまかせします。

ウミガメビーチとはまた、魅力的《みりょくてき》な名前ですね。

私《わたし》はこんなふうに想像《そうぞう》してみました。あわい金色の砂《すな》に、ウミガメがつけた足あとがつづいています。そして、そのわきには、あなたの足あと……。

ああ、ウミガメビーチにいきたくて、たまりません！　ではまた。

アレックスより

アレックス・ローバーはパソコンの前にすわって、画面を見つめていました。パソコンのまわりは、海や南の島についての資料《しりょう》が山づみです。かべには大きな世界地図がはられ、南洋の写真がたくさんかざってあります。きれいな砂浜《すなはま》、ごつごつした岩島、ヤシの木、サンゴ礁《しょう》……。

けれども、アレックスが今考えているのは、南洋の楽園ではなく、ニムのことでした。

セルキーやフレッドというのは、きょうだいなのかしら。それともペット？

Nim's Island

6

ニムの島

朝、目をさましたニムが最初《さいしょ》に考えたのは、いかだのことでした。

ヤシの実同士《どうし》をくぎでくっつけるのは、むりだな……。でも、板に打ちつけることはできるかも。ヤシの実をならべた上にうすい板をわたして、板の上からくぎを打てば、きっとヤシの実をとめつけられる！

けれども、実際《じっさい》にやってみると、ヤシの実がころんと動いてしまって、うまくくぎを打つことができません。

「イタッ！」

金づちの手元がくるって、しょっちゅうさけぶはめになりました。

二時間後、くぎをおさえていたニムの親指はあざだらけ。まわりには、われたヤシの実がひと山、できていました。昼ごはんに食べても、まだまだあまりそうです。無傷《むきず》でひとつだけのこっていたヤシの実をかかえると、ニムは立ちあがりました。

「チカに会いにいこうっと」

潮《しお》の引いた浜《はま》にいってみると、チカは、砂《すな》の上にねそべっていました。友だちが持ってきたものを見て、うれしそうにまばたきします。

チカは〈ヤッカー〉が大好《だいす》きなのです。

ヤッカーは、ニムが考えだした遊びです。写真で見たことのあるサッカーを、ヒントにしました。サッカーボールのかわりにヤシの実を使うサッカー、名づけて〈ヤッカー〉です。海にうかべたヤシの実を取りあって、最初《さいしょ》にビーチまで運んだ者が勝ち。プレーヤーは、女の子、アシカ、ウミガメ、ウミイグアナです。

ニムが海にヤシの実を投げいれると、フレッドが真っ先にとびつきました。つづいて、セルキーがフレッドの下にもぐりこみ、ボールを尾《お》びれではねとばします。ついでにフレッドのこともはねとばそうとしたので、ニムはしかりました。そのすきに、チカがボールを取りました。

チカが力強いあごの下にヤシの実をはさみこんでしまうと、もう、取りもどすことはできません。くすぐったり引っぱったりしても、チカはおかまいなしに、ゆうゆうと浜《はま》にむかいます。

けれども、とちゅうでチカはボールをかかえたまま、海の底《そこ》にもぐってしまいました。そのまま、びくとも動きません。

ニムは笑《わら》って宣言《せんげん》しました。

「このゲームはひきわけ！　ボールはまだ水の中だから、チカの勝ちとはいえないもんね」

チカはすました顔で、ちっとも気にしていないようでした。

夕方近く、ニムはカギアナ入り江《いりえ》まで、ヤシの実を見にいきました。二十こ全部、まだ、ぷかぷかういています。ヤシの実同士《どうし》がぶつかったり、はなれたりしているのを見て、ニムはさけびました。

「ひらめいた！」

送信者《そうしんしゃ》　ジャックルソー@カガクシャ・net
あて先　トクメイキボウ@ナイショ・net
日時　4月3日（土）　18時20分

アレックス・ローバー様

わたしは、どうやったらヤシの実でいかだを作れるか、ずっと考えてきました。

板を使う方法《ほうほう》をためしてみましたが、だめでした。

くぎでとめようとすると、ヤシの実が、われてしまうからです。
それに、よく考えると、うまくとめられたとしても、
ひびの入ったところからだんだんこわれて、航海中《こうかいちゅう》に
しずんでしまうかもしれません。
そこで思いついたのですが、ヤシの実を、ふくろのようなものに
いれるというのは、どうでしょう?
そうすれば、実と実が、はなればなれにならずにすみます。
ところで、いかだで、どこにいくんですか?
ニムより

送信者《そうしんしゃ》　トクメイキボウ@ナイショ・net
あて先　ジャックルソー@カガクシャ・net
日時　4月3日（土）13時23分

ニム様
私《わたし》は女王バチになった気分です。ブンブンはたらいてくれる
あなたの報告《ほうこく》を、のんびり待っていればいいのですから。
「ヤシの実ぶくろ」とは、いいアイデアですね！
あとは、ヒーローが無人島《むじんとう》で大きなふくろを手にいれた理由を、
私《わたし》が見つけるだけです。
悪者たちがヒーローを海に放りこむとき、ふくろに
とじこめておいたという設定《せってい》も、いいかもしれません。
きっと悪者たちは、ふくろをきつくしばらなかったんですね。
でないと、ヒーローが脱出《だっしゅつ》できませんから。
ヒーローは、太平洋の小さな島に流れつきます。
そこでいかだを手作りして、ヒロインを助けるために、

ふたたび出発するんです。バーゲンセールにむかう買い物客みたいに、すごいいきおいで!

この物語のために私《わたし》がかいた地図を、メールに添付《てんぷ》します。

クリップ形のマークをクリックすれば、地図が見られます。

心をこめて。

アレックスより

ニムは、マークをクリックしてみました。とたんに、目がまん丸になりました。

メールについてきた地図と、かべにはってある地図を、何度も見くらべます。

かべには、この島の地図がはってあります。ジャックがかいた地図です。大きな世界地図もはってあって、この島がどこにあるか、位置《いち》をしめすマークがジャックの手でかきこまれています。

「ヒーローの島が、あたしたちの島だったなんて……」

ニムはつぶやきました。

「ってことは、アレックス・ローバーはきっと、この島にきたことがあるんだ！」

そうとしか、思えません。

その晩《ばん》ニムは、なかなかねむれませんでした。


つぎの朝、ニムはうたいながら、〈ごちそう畑〉の手入れをしました。鼻歌まじりに気圧《きあつ》や風力をはかって、表に書きこんだあと、またうたいながら、〈ヤシの木の見はらし台〉にのぼって、船が見えないかチェックしました。あんまり大声でうたったので、カモメがくわえていた魚を落としてしまったほどです。

「あたしも魚つり、しようっと！」

ニムは木をすべりおり、つりざおをとってくると、岩場にむかいました。

さおは、強くてしなやかな竹製《たけせい》です。ジャックがたんじょう日のプレゼントに作って、使い方も教えてくれました。

えさをヒュンと海に投げいれるしゅんかんが、ニムはとても好《す》きです。今日は七回投げいれて、八回目で銀色の魚をつりあげることができました。食べるのにちょうどいい大きさの、おいしそうな魚です。

「ごめんね、魚さん」

ニムは声をかけると、すばやくしめました。魚つりで、いちばんきらいなしゅんかんです。おこぼれをもらおうと、セルキーが海からあがってきました。

魚の下ごしらえがすむと、葉っぱにくるみ、たき火の用意にかかりました。木の枝《えだ》をひろい、流木を引きずってきてつみかさね、かわいたヤシの葉っぱを何まいものせます。それから望遠鏡《ぼうえんきょう》のレンズをはずして、葉っぱの上に太陽の光をあてました。マッチは貴重品《きちょうひん》なので、昼間はこうしてレンズで火を起こすのです。光を一点に集めて焦《こ》がしているうちに、とうとう小さな火が起こりました。ヤシの葉をちろちろなめて、火は少しずつ強くなり、小枝《こえだ》に燃《も》えうつって、大きくなっていきます。

バチバチ、しっかりと燃《も》えてきたのを見はからって、ニムはサツマイモをたき火の中にうめこみました。魚は長いぼうを通して地面につきさし、あぶり焼《や》きにします。

焼《や》き魚《ざかな》の昼ごはんを食べおわると、ニムはセルキーやフレッドといっしょに、浜《はま》にねころびました。やがて、潮《しお》がひたひたせまってきたので、高い場所にうつって、本を読みはじめました。

読みながらもしょっちゅう顔をあげ、船が見えないかチェックします。ジャックの帰りを今か今かと待つ一方で、ニムはアレックス・ローバーにメールを送れる時間になるのも、心待ちにしていました。

送信者《そうしんしゃ》　ジャックルソー@カガクシャ・net
あて先　トクメイキボウ@ナイショ・net
日時　4月4日（日）　18時26分

アレックス・ローバー様
わたしは生まれてから、こんなにどきどきしたことはありません！
あなたはやっぱりヒーローで、わたしたちの島にきたことがあるんですね！
カギアナ入《い》り江《え》やウミガメビーチのようすを知っていたのは、だからだったんですね？
あなたの地図は、ジャックがかいた地図とそっくりです。
ヒーローの島は、わたしたちの島なんですね？
また、ここにくる予定はありますか？
ニムより

送信者《そうしんしゃ》　トクメイキボウ@ナイショ・net

あて先　ジャックルソー@カガクシャ・net
日時　４月４日（日）　13時29分

ニム様
これは、びっくり！　しがない作家が頭の中で島をこしらえてみたら、その島が本当にあったうえに、メールのやりとりをしていた相手がその島に住んでいるとわかるなんて！

こんなすばらしいぐうぜんが起こったわけを、説明《せつめい》しますね。

私《わたし》が今書いているのは、勇《ゆう》かんなヒーローと美しいヒロインが船で世界を旅しながら、科学の発展《はってん》のためにつくしている、という物語です。

とちゅうで悪者たちが登場して船をぬすみ、ヒロインをさらって、ヒーローを海に放りだしてしまいます。
もちろん、ヒーローがそのままおぼれてしまうわけはありません！
無人島《むじんとう》にたどりついて、そこでいかだを作るのです。
そして、ヒロインを悪者たちから救《すく》うために海にふたたび乗りだし、
ハッピーエンドをむかえる、というわけです。
物語の舞台《ぶたい》を決めるのに、私《わたし》は本物の地図をいっしょうけんめい見ました。
そして、いかだの材料《ざいりょう》になるヤシの実が育つくらい暖《あたた》かくて、
いいぐあいに海流が流れている場所をさがしました。
そして、こんなところに島があったらいいな、という一点をえらびました。
世界地図では、ただの海ですが、はるかむかし、海底《かいてい》で火山が爆発《ばくはつ》して
島を作っていてもおかしくない、と思える場所をえらんだのです。
本当に、島はあったんですね！　あなたにおねがいがあります。

私《わたし》のための〈目〉になってもらえませんか？　あなたが目にする島のようすを教えていただけると、とても助かります。

私《わたし》は島にいったことがありませんし、そこにいけるほど勇気《ゆうき》のあるヒーローでもないので……。

よろしくおねがいします。

アレックスより

Nim's Island

7

〈火の山〉登山

アレックスの〈目〉になるなら、〈火の山〉のてっぺんがおあつらえむきです。空を舞《ま》うグンカンドリのように、島も、まわりの海も、すべて見わたせますから。

つぎの朝早く、ニムは口笛をふいてフレッドをよびました。それから、セルキーをだきしめて、あいさつしました。

「いってきます。ちゃんと気をつけるから、だいじょうぶ」

それから、望遠鏡《ぼうえんきょう》を首にさげているのをたしかめました。ジャックをさがすため

に必要《ひつよう》です。ポケットには、ノートとえんぴつをいれました。アレックスのためにメモをとるのに必要《ひつよう》です。バナナ二本、ヤシの実のかけら、パン、竹の水とうをナップサックにいれて、さあ、〈火の山〉にむけて出発です。

とちゅう、泉《いずみ》で水とうに水をいれてから、いよいよ山のぼりにかかりました。滝《たき》のてっぺんを通りすぎ、熱帯雨林《ねったいうりん》をぬうようにして小川づたいにのぼっていくと、汗《あせ》がしたたりおちてきました。

「ちょっと、休けいしようか」

小川はあさく、たいして冷《つめ》たくありませんが、流れの中にほてった体をひたすと、いい気持ちでした。

バナナを一本おやつに食べて、また歩きだします。のぼるにつれて、山道は石ころだらけになり、植物も、つんつんした丈《たけ》の低《ひく》いものに変《か》わってきました。小川も細くなり、ついには消えてしまいました。

やがて、はえているものは何もなくなり、蒸気《じょうき》とともにボコボコわいている湯だまりがあらわれました。シューシュー岩と同じ、くさった卵《たまご》のにおいがしますが、ここのにおいのほうが百倍も強れつです。

はるかむかし、〈火の山〉の頂上《ちょうじょう》は丸みをおびていて、植物もはえていました。ところがあるとき、はげしい地ひびきとともに地震《じしん》が起きて、山頂《さんちょう》から煮《に》えたぎった溶岩《ようがん》がふきだしたのです。

なだらかだった山頂《さんちょう》はふきとび、今ではとがった岩場になっています。その少し下には、大きな噴火口《ふんかこう》がぽっかり、あいています。

蒸気《じょうき》の立ちこめる火口のわきを、熱気《ねっき》からにげるようにのぼっていくと、ようやく、〈火の山〉のてっぺんにつきました。

ニムがすわると、フレッドも肩《かた》からおりました。

「ふう……。お昼にしようか」

ニムはフレッドと、ヤシの実と水を分けあいました。そのあと、パンともう一本のバナナも食べてから、海を見わたしました。

望遠鏡《ぼうえんきょう》で三六〇度、かなり遠くまで見ることができますが、どちらをむいても、ジャックの船らしきものはありません。目に入ったのは、西の海へ飛《と》んでいくグンカンドリだけです。ガリレオが、またジャックからの手紙を運んできてくれるかも、とニムは思いました。

さてと、アレックスの〈目〉にならなくちゃ。

島のへりを、ぐるりと見まわします。南側《みなみがわ》にあるのはグンカン崖《がけ》。それからウミガメビーチのあわい金色の砂《すな》がつづき、貝がらビーチ、アシカ岬《みさき》、カギアナ入り江《いえ》、溶岩《ようがん》でできた〈真っ黒岩〉をめぐると、またグンカン崖《がけ》にもどってきます。島の中ほどに目をやると、草地、ニムたちのうち、熱帯雨林《ねったいうりん》、岩はだなどが見えます。

メモをとろうと、ノートを取りだしたとき、地面がゆれはじめました。

つぎのしゅんかん、おそろしい音がして、空が真っ赤になりました。赤く煮《に》えたぎった溶岩《ようがん》が、火口からふきだしています。

〈火の山〉が、噴火《ふんか》したのです！

フレッドがかけだしました。ニムも熱《あつ》い石ころだらけの斜面《しゃめん》を、必死《ひっし》にかけおります。ぐらぐらする岩に何度も足をとられるうちに、とうとう転んで、岩角にひざをぶつけてしまいました。そのまま転げるように、岩場をすべりおちていきます。やっとのことで止まると、ニムはあわてて立ちあがり、またかけおりていきました。最初《さいしょ》に休けいをした小川のそばで、フレッドが待っていました。ふたりは小川にとびこみ、水の中をかけていきました。暑くて暑くてたまりません。

これ以上《いじょう》もう走れないと思ったとき、足元が滝《たき》に変《か》わりました。ふたりはすべり台をすべって、冷《つめ》たい水とともに、ドブンと泉《いずみ》に落ちていました。

そのまますわっていたくなりましたが、そうもいきません。すぐにまたかけだして、まっしぐらにうちを目ざしました。

心配して、岩の上で待っていたセルキーは、ニムとフレッドを見ると、大きくほえました。ニムの体をかぎまわり、ひざの切《き》り傷《きず》を見つけると、悲しそうな鳴き声をあげました。

ひどい傷《きず》で、皮膚《ひふ》がさけ、血がたくさん出ています。岩場で転んだときにできたのでしょう。そのときはこわくて何も感じませんでしたが、今はあまりこわくないので、いたくてたまりません。

岩の上にぐったり横になると、ニムは山頂《さんちょう》を見あげました。〈火の山〉は、まだ火花をはなっていますが、溶岩《ようがん》はこちらに流れてきてはいません。うちが溶岩《ようがん》にのみこまれる心配はなさそうです。

ニムはへとへとでしたが、しなければならないことが、もうひとつありました。てっぺんから船が見えなかったということは、ジャックはしばらく帰れないということなのです。

ニムはつりざおを持って岩場にいき、魚を一ぴき、つってきました。魚があれば、ガリレオは、かならずやってくるはずです。

ニムは手紙を書きはじめました。

ジャックへ
〈火の山〉にのぼってジャックの船をさがしたけど、見えなかったよ。

ごめん。今日はまだ、気圧《きあつ》や風力の観測《かんそく》をしてません。

〈火の山〉にのぼってるとき、噴火《ふんか》しちゃったんだ。フレッドがどれだけ速く走れるか、見せてあげたかったな！

あ、ガリレオがきたみたい。じゃあね。

愛《あい》をこめて。

チカが〈ヤッカー〉を好《す》きなのに負けないくらい、ジャックのことが大好《だいす》き！

ニムより

グンカンドリが近づいてきました。ガリレオです！

ニムは魚をふりながら、ガリレオをよびました。ガリレオは舞《ま》いおりて、足についている手紙を取らせてくれました。かわりに自分の手紙をつけると、ニムはいいました。

「ありがとう！」

ガリレオを見送ると、ニムはすぐに手紙をひらきました。

ニムへ

舵《かじ》がきくようにする、いい方法《ほうほう》を思いついたぞ！　舵《かじ》にあなをあけて、ロープを通すのさ。そのロープを船上から引けば、舵《かじ》を動かせるはずだ。水中にある舵《かじ》にあなをあけるのは、かんたんとはいえないけどね。あなをあけるところまでは、うまくいった。だが、ロープを通す前に、海中から船の上にすっとんでもどるはめになってね。サメだよ。サメが、うようよしているんだ。あらしでぼくのおでこから取れた皮を、ひろい食いして、味をしめたんだろうな。

サメがもっとおいしいものを見つけて、いなくなってくれたら、すぐに舵《かじ》のあなにロープを通して帰るよ。といっても、ずいぶん遠くまで流されたらしいから、あと二日はかかると思う。

愛《あい》をこめて。

帆《ほ》が風を好《す》きなのに負けないくらい、おまえが大好《だいす》きだよ。

ジャックより

読みおわると、ニムはまた、最初《さいしょ》から読みなおしました。心配させないよう、ユーモラスに書いてくれているのはわかります。でも、ニムはこれまでにないくらい、心ぼそくなりました。

アレックス・ローバーに、〈火の山〉から見える島の景色《けしき》や噴火《ふんか》のようすについて、長い長いメールを書いてみても、気持ちはしずんだままでした。

Nim's Island

8 トロッポ・ツーリスト

ジャックはサメが消えるのを待ちながら、考えていました。舵《かじ》はちゃんと直るだろうか？　ニムはどうしているだろう？

そのとき、一隻《せき》の大きな船が見えました。

ジャックは思わず、おどりだしました。救助《きゅうじょ》されるなんてぱっとしませんが、うちに帰れるならかまいません！　うれしさのあまり、頭にうかんだ言葉を、でたらめな節《ふし》でうたっていました。

「おれはもうすぐ帰れるぞ！

明日はニムに会えるんだ！

プランクトンはまた今度！

すべてはこれでベリー・グー！」


船が近づいてきました。

客船です。色は、ピンクと紫《むらさき》……！

なんということでしょう。トロッポ・ツーリストの船ではありませんか！

ジャックの歌とおどりが、ぴたりと止まりました。顔から血の気が引きます。

けれども、えりごのみをしている場合ではありません。ニムをこれ以上《いじょう》、ひとりにしておくわけにはいかないのです。

ジャックは船室から旗《はた》を二本取ってきました。一本は青と白のチェックで、もう一本は青と白と赤のしまもようです。二本いっしょにかかげると、「ＳＯＳ」の意味になります。「助けてくれ」と伝《つた》える信号だと、船乗りならだれでも知っています。

ジャックは、旗《はた》をマストにかかげ、船が救助《きゅうじょ》にくるのを待ちました。

待てば待つほど、島を見られたくないという気持ちが強くなります。トロッポ・ツーリストの連中《れんちゅう》が島を見て「おお！」とか「わあ！」とかいいながら写真をとるかと思うと、吐《は》き気《け》がするほどです。でも、待てば待つほど、ニムをひとりぼっちにしてはおけないという気持ちも強くなりました。

二本の旗《はた》が、みじめにマストの上でひるがえっています。

ジャックは待ちつづけました。

ところが、トロッポ・ツーリストはそのまま、いってしまいました。

〈火の山〉にのぼった翌日《よくじつ》の昼さがり、ニムが〈ヤシの木の見はらし台〉にのぼって、ジャックの小船をさがしていると、水平線に、一隻《せき》の船が見えました。まだ小さな点にしか見えませんが、こちらに近づいてきます。ニムはうれしくて、いてもたってもいられなくなりました。

カギアナ入《い》り江《え》のいちばんむこうまで、走っていこう！　それで巻貝《まきがい》をふきならして、さけぶの！

「ジャックを助けて！　舵《かじ》がこわれてる小船を、さがしてください！」って。

とにかく船をよく見ようと、望遠鏡《ぼうえんきょう》をのぞいてみました。

客船です。色は……ピンクと紫《むらさき》！　ニムはぎょっとしました。

だめ！　あの船に助けをもとめるなんて、できない！

ジャックに早く帰ってきてほしい気持ちでいっぱいですが、あの船を——トロッポ・ツーリストを島にこさせたりしたら、ジャックはどんなに悲しむでしょう。

やっぱり、島にこさせるわけにはいきません。

「でも、勝手に見つけちゃったら、どうしよう！」

こちらからよばなくても、船がそのまま近づいてきて、エメラルドにかがやくカギアナ入《い》り江《え》や、金色のウミガメビーチを見つけるかもしれません。ここが世界でいちばん美しい島だと知ったら、トロッポ・ツーリストは観光客《かんこうきゃく》をぞろぞろとつれてきて、島を台なしにしてしまうでしょう。

「そんなこと、させるもんですか！」

ニムはうちにかけもどると、パソコンの電源《でんげん》をいれました。

送信者《そうしんしゃ》　ジャックルソー@カガクシャ・net
あて先　トクメイキボウ@ナイショ・net
日時　4月6日（火）　14時14分

アレックス・ローバー様

そちらはまだ、朝ですよね。こんな時間にすみません。

でも、おききしたいことがあるもので。
すぐにお返事をいただけると、ありがたいです。
あなたのヒーローがいる島に、悪者たちが近づいてきたとします。
島を発見されたら、たいへんです。ヒーローはどうやって、
このピンチを切りぬけますか？
ニムより

送信者《そうしんしゃ》　トクメイキボウ＠ナイショ・net
あて先　ジャックルソー＠カガクシャ・net
日時　4月6日（火）　09時17分

ニム様
メールを送ってくれるのは、何時でもOKです。

ただし、ご両親がゆるしてくれれば、ですよ。

もちろん、いかだの話でなくてもだいじょうぶ！

私《わたし》の本『黄昏《たそがれ》のビーチ』では、美しいヒロインが悪者からにげるとき、みすぼらしい服を着て、顔や体に黒い脂《あぶら》をぬって、変装《へんそう》しました。

おかげで、悪者に気づかれなかったのです。

ヒーローも島を変装《へんそう》させて、悪者に見つからないようにするかもしれませんね。

島全体を、ぶきみで危険《きけん》なところに見せかけるのです。

岩場が、もっとあらあらしく見えるようにして……。

サンゴ礁《しょう》があぶない場所に、金色の砂浜《すなはま》がさびしげに見えるように、なんとか工夫《くふう》をするのです。

なかなか、おもしろそうなゲームですね！

あなたの友だち、アレックスより

船はさらに近づいていました。急いで島を「変装《へんそう》」させないといけません。

ニムはアシカ岬《みさき》に、かけていきました。

アシカたちが岩の上で、鼻を鳴らしたり、ほえ声をあげたりしています。

船はもう、肉眼《にくがん》でもはっきり見えます。スピードを落としたところを見ると、どうやら島を見つけてしまったようです。

「セルキー、見て。わるい船がくるの！」

ニムがさけぶと、セルキーがふしぎそうな顔をします。

「みんな、岩からおりて！」

アシカたちは、不満《ふまん》そうに鼻を鳴らしながらも、海の中にするりと入りました。

ニムも海にとびこみます。ところが、ニムが水を三回もかかないうちに、セルキーがゆく手をふさぎました。

「わかった。あたしはもどるから、おねがい！　みんなで、悪者を止めて！」

ニムが岩の上にもどると、セルキーはほかのアシカたちの先頭に立ち、サンゴ礁《しょう》に出ていきました。

船が止まりました。海にボートをおろしています。

ニムは潮《しお》だまりにとびこんで、海草をかかえられるだけ、つみとりました。

ボートがサンゴ礁《しょう》の迷路《めいろ》を通りぬけてきたら、最初《さいしょ》に目にするのは貝がらビーチです。何より先に変装《へんそう》させなくてはいけません。

だれかが双眼鏡《そうがんきょう》で見ているといけないので、ニムは、はうようにして貝がらビーチに海草を運びました。白い浜《はま》のはしからはしまで、大急ぎで海草をまきちらしていきます。ひざの傷《きず》から血が出ていても、気にしません。

フレッドが、うちのほうからおりてきました。海草を見て、さっそく、ぱくついています。なにしろ、海草はウミイグアナの大好物《だいこうぶつ》なのです。

ニムは必死《ひっし》にたのみました。

「フレッド、おねがい！　すぐに、お友だちをみんな集めてきて！」

フレッドがニムを見あげます。

「あとでヤシの実を、たっぷりあげるから！　約束《やくそく》する！」

フレッドははりきって、なかまをよびにいきました。岩場、潮《しお》だまり、海の中――あちこちからウミイグアナが、ぞくぞくと集まってきます。しばらくすると、貝がらビーチは、海草にむらがる灰色《はいいろ》のウミイグアナに、おおいつくされていました。

これなら、本当は白くきらめく美しい浜《はま》だとは、わからないでしょう。あらあらしい灰色の岩浜《いわはま》にしか見えないはずです。

つまらない島だと思って、引き返してくれますように！

ニムはまたヤシの木にのぼって、望遠鏡《ぼうえんきょう》をのぞきました。

ボートは、サンゴ礁《しょう》の入り口にさしかかっています。もう、乗っている人の服まで見えます。おそろいのピンクのTシャツに、おそろいの紫《むらさき》のぼうし。ぼうしには、とぼけた魚のマスコットがついています。

ボートがサンゴ礁《しょう》に入ってきました。船底《ふなぞこ》をこすらないように、深いところをえらんで進んできます……が、すぐに動けなくなりました。アシカたちがおしよせてきたからです。

体をひねったり、尾《お》で水を打ったりしながら、アシカたちがゆく手をさえぎるので、ボートはむきを変《か》えました。けれども、ほかの場所を通ろうとするたびに、アシカたちがついていって、じゃまをします。アシカのほえ声とともに、水しぶきはどんどん高くなり、ボートがはげしくゆれだしました。

アシカの猛反対《もうはんたい》はつづき、ボートはだんだん、サンゴ礁《しょう》の外の海へおしもどされていきました。

あれ？　望遠鏡《ぼうえんきょう》の視界《しかい》に、グンカンドリが飛《と》びこんできました。ボートの上で輪《わ》をえがいています。ガリレオです！　ほかにも、もう一羽。くいしんぼうのグンカンドリたちは、ぼうしについている魚のマスコットを、本物の魚だと思っているようです。

二羽のグンカンドリは、すきを見て舞《ま》いおりると、魚のマスコットをぼうしごと、かすめとりました。

ボートの人たちが両手をふりあげ、どなっています。グンカンドリたちはおかまいなしに、えものの味見をしました。そして、まずそうに海にはきだすと、こっちの魚ならおいしいかもしれないと、また、べつのぼうしを一こずつ、さらっていきました。

ふいに、ボートがガクンとゆれました。

アシカたちのしわざでしょうか？

むりはしないで！　けがをしないでね、とニムは祈《いの》りました。

ゆれがおさまると、ボートはエンジン音をひびかせながら、猛《もう》スピードで引き返していきました。さすがに、こわくなったのでしょう。

沖《おき》でとまっている船にボートがたどりつき、つみもどされるころには、海の上にぎざぎざのサンゴ礁《しょう》があらわれていました。潮《しお》が引きはじめたのです。

「ねえ、サンゴ礁《しょう》は通れないって、わかったでしょ！　さっさと帰って！」

ニムは心の中で、トロッポ・ツーリストにどなりました。

けれどもトロッポ・ツーリストは、サンゴ礁《しょう》に入るのはあきらめたものの、島をぐるりとめぐってみることにしたようです。

貝がらビーチやウミガメビーチを守るサンゴ礁《しょう》の外側《そとがわ》を通って、島の南側《みなみがわ》にまわってきました。島にぎりぎり近づけるところまでくると、グンカン崖《がけ》にそって、左まわりに進んでいきます。

泣《な》きたいのをこらえながら、ニムがウミガメビーチにおりていくと、海の中からチカが顔を出しました。甲羅《こうら》に、紫《むらさき》のペンキがついています。

ニムは、ボートがガクンとゆれたことを思い出しました。

「甲羅《こうら》をボートにぶつけてくれたのね？　ありがとう！」

みんながんばったのに、あたしだけメソメソして……。こんなの最低《さいてい》！

最低《さいてい》っていえば、ウミガメビーチのこのにおい！　どうしちゃったの？

見まわすと、半分になったサメの死がいが、打ちあげられていました。

「うわっ！　くさい！」

鼻をおさえながら、ニムは考えました。アレックス・ローバーのヒーローなら、島を守るために、くさったサメも使うかも。においだって、島を変装《へんそう》させる役に立ちそう。めちゃくちゃくさい島になんか、だれもきたくないはず！

ニムはうちにかけもどると、荷車を引いてきて、くさったサメをのせました。シューシュー岩までは、長くて苦しい道のりでした。けれども今のニムは必要《ひつよう》なら、〈火の山〉のてっぺんにだって荷車を引いていったでしょう。

シューシュー岩の付近《ふきん》は、いつものように卵《たまご》のくさったような、ひどいにおいがしていました。悪臭《あくしゅう》は蒸気《じょうき》にのって、海にただよいでています。

「もっと、すごいにおいにしてあげる」

荷車からサメを引きずりおろすと、蒸気《じょうき》が出てくるいちばん大きなあなの上にのせました。

あながふさがれて、蒸気《じょうき》は出なくなりましたが、サメはあいかわらず、ひどいにおいがしています。でも、念《ねん》には念《ねん》をいれたほうがいいかもしれません。

「ほかにくさいものって、何があるかな。あ……そうだ！」

ニムはくさった海草をひろおうと、〈真っ黒岩〉に急ぎました。

ときどき、〈真っ黒岩〉の岩場に海草が打ちあげられることがあります。たいてい、ひからびてしまうか、流されるかしますが、そうでないものはしばらくたつと、くさりはじめます。そのにおいときたらもう、ひどいなんてものではありません。

ニムはどろどろの海草をうでいっぱいに集めながら、大きな岩にかくれるようにして海のほうをうかがいました。

船は〈火の山〉の断崖《だんがい》をまわりこんで、こちらにむかってくるところです。

シューシュー岩に大急ぎでもどり、ニムは鼻のまがりそうなにおいの海草を、あちこちの蒸気《じょうき》あなにのせました。

それからまた〈真っ黒岩〉にいくと、岩かげから船のようすを見まもりました。

おねがい、においに気がついて！　さっさとどこかへいっちゃって！

ところが、いつまでたっても船が立ち去る気配はありません。

においがとどいていないの？　あなの上にサメや海草をのせすぎて、蒸気《じょうき》が出なくなっちゃったせい？　ああ、どうしよう……。

船がアシカ岬《みさき》にさしかかりました。

と、そのとき……サメが爆発《ばくはつ》しました！　くさった海草も、いっしょにとびちります。

出口をふさがれてたまっていた蒸気《じょうき》が、くさったサメのかけらや、どろどろの海草を空高く、ふきとばしたのです。

あたり一面、すさまじいにおいのする灰色《はいいろ》の霧《きり》につつまれました。サメのかけらがばらばらと、海の上に降《ふ》りそそぎます。

船はくるりとむきを変《か》え、いちもくさんに、霧《きり》のむこうへ消えていきました。

その晩《ばん》、ニムはすっかりつかれて、何も食べられませんでした。体のしんがやけに冷《つめ》たい感じがするかと思うと、体の表面が熱《あつ》くてむずむずします。たまらず、懐中電灯《かいちゅうでんとう》とタオルを持って、泉《いずみ》へいきました。

泉《いずみ》は海とちがって、夜でも安心して身をひたしていられます。ニムは、体についたどろやよごれをあらいながしました。

泉《いずみ》にうかんで、月や星をながめているうちに、心の中のもやもやも、少しだけうすれていくようでした。

Nim's Island

9

いかだの完成《かんせい》

朝、目をさましたニムは、思いました。今日はきっと、ジャックが帰ってくる！それに今日こそ、アレックス・ローバーのいかだ用のふくろを、見つけられるかも！

ニムはベッドからとびおきました。とたんに、片方《かたほう》のひざが、ズキン！

「いたい！」

あわてててすわりこみ、ひざを見ると、ぱんぱんにはれていました。傷《きず》から黄色いうみと赤い血が、じゅくじゅく出ています。

「うう。でも、フレッドのところにいかなくちゃ」

ニムはなんとか立ちあがると、ヤシの実をひとつかかえ、フレッドがねぐらにしている岩にむかって、足を引きずり引きずり、歩いていきました。

ヤシの実をたっぷりあげるという約束《やくそく》を、フレッドもおぼえていたようです。

「おなかがはれつしちゃうよ！」

五こ目のヤシの実のかけらをあげながら、ニムは声をかけましたが、フレッドは夢中《むちゅう》で食べつづけるばかりです。

あたりを見まわすと、紫色《むらさきいろ》のぼうしが二こ、浜《はま》に打ちあげられていました。あの、魚のマスコットがついている、トロッポ・ツーリストのぼうしです。

「ラッキー！　これがあれば、かんたんにガリレオをよべそう」

ニムは、ぼうしをひろいました。ほかに流れついていたのは、流木と、やぶれた魚とりの網《あみ》。網《あみ》を見て、ニムはひらめきました。

「ふくろの材料《ざいりょう》、見ーつけた！　これで、いかだが作れる！」

ぎざぎざにやぶれているので、大きなふくろを作るのはむずかしいでしょう。でも、ぶじなところから四まいの網《あみ》を切りとって、二まいずつぬいあわせれば、小さいふくろがふたつ作れそうです。

さっそくナイフをふるって、網《あみ》を切りにかかりましたが、糸がかたくて、なかなか切れません。先にナイフをといで、切れ味をよくする必要《ひつよう》がありそうです。

ニムは、ナイフを砥石《といし》でとぎました。ジャックに教えられたとおり、ていねいにとぐと、刃《は》はかなりするどくなりました。

それでも網《あみ》は手ごわくて、やぶれていないところから四角いはぎれを四まい、切りとりおわったときには、お昼をだいぶすぎていました。

ひざがいたくて、〈ごちそう畑〉にはのぼっていけそうにないので、浜《はま》でカサガイと海草をとり、バナナといっしょにお昼ごはんにしました。

そのあと、ヤシの木のかげにすわって、いよいよ、ふくろ作りです。四角い網《あみ》を二まいずつ重ねて、まわりを結《むす》びあわせていくのです。ずいぶん時間がかかりましたが、とうとう、三方がぐるりとつながったふくろがふたつ、できあがりました。できあがったふくろをかかえて、カギアナ入り江《いえ》にむかいます。いたい足をかばいながら、ゆっくりゆっくり歩いて、ようやく入り江《いえ》につきました。

二十このヤシの実は、あいかわらずぷかぷか、うかんでいました。ニムが海にとびこんでヤシの実を岩浜《いわはま》のほうに運びはじめると、セルキーとフレッドも手つだってくれました。

ヤシの実を全部、岩の上に引きあげると、十こずつふくろにいれていきました。ふくろのはしをしばって、口をとじれば完成《かんせい》です。

太陽が海にしずみかけたころ、やっと、入り江《いえ》にふたつのいかだをうかべることができました。さっそく乗ってみましたが、最初《さいしょ》の三回は、ふくろがくるんとまわって、落ちてしまいました。

四度目にようやく成功《せいこう》！　ふくろの上に腹《はら》ばいになっているニムの背中《せなか》に、フレッドも乗ってきました。なかなかいいぐあいに、うかんでいます。手で水をかくと、いかだはゆっくり進みました。

セルキーが、もうひとつのいかだの上によじのぼろうとしています。でも、いかだは、あっけなくしずんでしまいました。アシカの体重をささえるのは、むりなようです。

「これなら、どう?」

ニムは笑《わら》いをこらえ、いかだをふたつくっつけて、おさえてあげました。今度はセルキーも、いかだの上に乗ることができました。入《い》り江《え》をただよいながら、うれしそうにほえています。身をよじるたびに、ふたつのふくろの間に落ちてしまうので、ニムがまた手つだって、いかだに乗せてあげました。

セルキーはいつまでも遊んでいたいようでしたが、ニムは空を見て、いいました。

「もう、太陽がしずむよ! メールを出さなくちゃ!」

送信者《そうしんしゃ》 ジャッククルソー@カガクシャ・net

あて先　トクメイキボウ@ナイショ・net
日時　４月７日（水）　18時25分

アレックス・ローバー様
魚とりの網《あみ》が流れついたので、今日は、いかだを作ってみました。
大きないかだは作れなさそうだったので、小さいのふたつにしました。
できあがったいかだに乗ったら、すごくおもしろかったです。
セルキーも気にいって、大よろこびでほえていました。
いかだの上にすわることもできますが、ねそべるほうが楽です。
あなたのヒーローが波の高い海に出ていくのなら、ねそべって、
いかだにしっかりつかまるといいです。
フレッドとわたしがいっしょに乗っても、いかだはちゃんと
うかんでいましたが、セルキーは、いかだをふたつにしないと

乗れませんでした。
セルキーはジャックより、ちょっと重いです。
ヒーローが、そのくらい体の大きい人なら、大きないかだを作ったほうが安心です。
セルキーはときどき、ふたつのいかだの間にすべりおちましたから。
ヒーローはセルキーみたいに、とびはねたりしないでしょうけどね。
ニムより

送信者《そうしんしゃ》　トクメイキボウ@ナイショ・net
あて先　ジャックルソー@カガクシャ・net
日時　4月7日（水）13時29分

ニム様

すばらしい！　無人島《むじんとう》で手に入るものをじょうずに使ってくらした、ロビンソン・クルーソーなみの大発明ですね。

おかげで、私《わたし》のなやみも解決《かいけつ》しました。

「ヒーローが悪者にふくろづめにされて、海に放りこまれる」という設定《せってい》を考えていたのですが、そのままでは島に泳いでいけません。

どうやってふくろから脱出《だっしゅつ》させようかと、なやんでいたところです。

「島に流れついた魚とりの網《あみ》」を登場させれば、ヒーローをふくろづめにしないですみますね。

あなたのアドバイスどおり、大きなふくろをひとつ作ったことにしましょう。セルキーみたいに、ふたつのいかだの間に落ちたら、こまりますから！

さっそく、こんなシーンを考えてみました。

島に泳ぎついたヒーロー。浜《はま》に横になって、息をととのえています。

ふと、自分が魚とりの網《あみ》の上にねていることに気づきます。

体を起こしたとき、ヤシの実が落ちてきました。

もう少しで、頭を直撃《ちょくげき》されるところでした。

ふう、あぶなかった……。つぎのしゅんかん、はっとします。

「これだ！」

そして、ヒーローは網《あみ》とヤシの実でいかだを作ると、ヒロインを助けに海へとこぎだし……。


ここまで書いて、思い出しました。きのうの「悪者を島に近づけない」というゲーム、あれはうまくいきましたか？

それではまた。

アレックスより

アレックスはパソコンの前で待っていましたが、ニムから返事はきませんでした。きっと、今日はもう、ねてしまったのでしょう。

やっぱり、ペットだったのね……。アレックスは思いました。「ほえた」っていうから、セルキーは犬なんだわ。だけど、人と同じくらい重いなんて、いったいどんな犬かしら？　フレッドも、きっと犬ね。いかだに乗るネコなんて、想像《そうぞう》できないもの……。

つぎの日、ニムのひざはさらに熱《ねつ》をもって、はれあがっていました。じゅくじゅくした傷《きず》のまわりに赤いミミズばれもできています。

じっと横になっていたいところですが、もう、飲み水も食べ物もありません。荷車を引いて、苦労しながら〈ごちそう畑〉まで、丘《おか》をのぼっていきました。滝《たき》の水をびんにつめて、バナナをひと房《ふさ》とり、イチゴをつんで荷車にのせて、引き返します。帰りはくだりとはいえ、荷物が重くなった分、行きよりもっと時間がかかりました。

朝ごはんのあと、ニムはフレッドといっしょに、ゆっくりゆっくり、浜《はま》へおりていきました。セルキーが心配そうに鳴くので、ニムはむりに笑《わら》ってみせました。

「泳いだら、たぶん元気になると思う」

それで、ニムは友だちにつきそわれながら、貝がらビーチからウミガメビーチへと泳いでいきました。

ウミガメビーチにつくと、海草を食べていたチカもいっしょになって、さっそく、ヤッカー・ゲームがはじまりました。でも、今日のニムは、ヤシの実ボールまですばやく泳いでいく力はありません。ボール遊びというより、ボールを持っている相手をのろのろ追いかける、鬼《おに》ごっこのようなぐあいでした。

潮《しお》が引きはじめると、ゲームは終わりです。ニムは腹《はら》ばいになって、古い貝がらでハマグリをほりました。火を起こし、焼《や》いて食べたあと、デザートを用意しようと、ヤシの実をわりはじめました。

フレッドが待ちきれないという顔で、ニムを見あげます。

「この、くいしんぼう！」

ニムは中身を小さくわって、かけらをひとつ手にのせると、フレッドのほうに、さしだしました。

「はい、どうぞ……うわ！」

ニムは目を丸くしました。かけらの上に、クリーム色に光るパールがのっているではありませんか！

ジャックから聞いたことがあります。貝の中に真珠《しんじゅ》ができるのと同じように、ときどき、ヤシの実の中にパールができることがある、と。ものすごくめずらしいことだそうで、まさか自分がそれに出あえるなんて、思ってもいませんでした。

ニムが、ぼーっとパールに見とれていると、フレッドがかけらをぱくんと、口にいれてしまいました。パールもいっしょにです。

いっしゅん、息をのんでから、ニムは泣《な》きだしました。自分にとって大切なものが、何もかもいっしょに消えてしまったみたいな気がして、のどが勝手にしゃくりあげるのです。そんなはずはないとわかっているのに、なみだが止まりません。

フレッドが、ほおをふくらませたまま、きょとんとニムを見つめています。

と、セルキーがフレッドの背中《せなか》を、ひれでたたきました。フレッドの口から、実のかけらとパールがとびだします。

ニムは最後《さいご》に一度しゃくりあげると、パールをひろって、うちに帰りました。

みがくと、パールはいっそう美しくなりました。どこもかしこもかがやいていて、形もまん丸で、まさにかんぺきです。

「ラッキー・パールって、よぼうっと」

ニムはつぶやきました。ものすごくめずらしいうえに美しいときたら、もう、幸運をもたらすお守りとしか思えません。

ニムはラッキー・パールを、お母さんの写真の前におきました。そして、メールのチェックをしようと、パソコンの電源《でんげん》をいれました。

ところが、メールを受信《じゅしん》しようとしたとたん、画面がぱっと真っ暗になりました。

バッテリーに充電《じゅうでん》するのをわすれていたのです。

日が暮《く》れかけているので、今日はもう、ソーラーパネルを使って充電《じゅうでん》することもできません。

ラッキー・パールの話をアレックスに送りたかったのに、明日までおあずけをくらってしまいました。

Nim's Island

10

ニムのピンチ

つぎの朝、ニムのひざの傷《きず》は、もっとひどくなっていました。海で泳いだあとは、少し楽だったのに、今はまた、ミミズばれがくっきり赤くなり、じゅくじゅくした黄色いうみも、前より大きくなっています。体も熱《あつ》くて、頭がなんだか、ふわふわしています。

太陽がのぼると、すぐにバッテリーの充電《じゅうでん》をはじめましたが、ほかのことは何もする気になれません。いつもの観測《かんそく》や仕事は、あとでやることにして、ニムはしばらくぼんやりしていました。食欲《しょくよく》もありませんでしたが、セルキーが食べなさいとさわぐので、バナナを一本、やっとの思いで食べました。

グンカンドリが一羽、飛《と》んできました。ガリレオです。魚をくわえたカツオドリを、追いかけています。

ニムがトロッポ・ツーリストのぼうしをふりまわすと、ガリレオは魚のマスコットを目ざとく見つけて、舞《ま》いおりてきました。

ぼうしと引きかえに、ニムはちゃんと、手紙を受けとることができました。

「トロッポ・ツーリスト、べんりなぼうしを、ありがとう！」

ニムへ
ビッグニュースだ！　ついに舵《かじ》を修理《しゅうり》しおわったぞ。ロープで舵《かじ》を動かしながら、島を目ざしているところだ。
プランクトンも祝《いわ》ってくれたよ。昨夜《さくや》、すばらしいショーを見せてくれた。
それに、聞いてくれ！　原生生物界《プロトゾアン》の新種《しんしゅ》プランクトンを見つけたんだ。

（おまえの名前をもらって、「プロトゾアン・ニム」と命名したよ）
あいにく、むかい風だが、明日の晩《ばん》かあさってには帰れると思う。
愛《あい》をこめて。
魚がプランクトンを好《す》きなのに負けないくらい、おまえが大好《だいす》きだよ。
ジャックより

うれしい知らせを読んでも、ひざがいたくて、返事を書く元気もありません。どう手当てをしたらいいか、教えてもらいたいところですが、「伝書《でんしょ》バト」ならぬ「伝書《でんしょ》グンカンドリ」を待っていては、時間がかかりすぎます。

バッテリーの充電《じゅうでん》がすんでいることをたしかめ、ニムはパソコンの電源《でんげん》をいれました。メールを書こうとして、ふと、心配になりました。

アレックス・ローバーは返事をくれるかな。いかだの実験はもう終わったから、あたしのメールなんて、読まないかもしれない……。

でも、ほかに質問《しつもん》できる人は、いません。

送信者《そうしんしゃ》　ジャックルソー@カガクシャ・net
あて先　トクメイキボウ@ナイショ・net
日時　4月9日（金）　10時48分

アレックス・ローバー様
きのうはお返事をしなくて、ごめんなさい。充電《じゅうでん》するのをわすれていて、メールを送れなかったんです。
あなたのヒーローは、けがをしたら、どうしますか？
〈火の山〉にのぼったときに、ひざを切って、そこがミミズばれと黄色いぐじゅぐじゅになって、体がかっかと熱《あつ》くて、頭がぼうっとしてきたら？

ヒーローも、島にひとりぼっちでいると、みじめな気分になったりしますか？

ヤシの実の中からめずらしいパールが出てきたのに、いっしょによろこんでくれる人がいなくて、さびしくなるなんてこと、ありますか？

だって、セルキーやフレッドは、きれいなパールになんか、ちっとも興味《きょうみ》がないんです。

ニムより

アレックスは、夜が明けるずっと前に目がさめていました。物語のさまざまな場面が、くっきりと頭にうかんできます。風にゆれるヤシの木、金色の砂《すな》、きらめく滝《たき》、うなりをあげる火山、真っ青な海と空……。

アレックスはまどのそばにいき、外を見やりました。四十一階の部屋から見えるのは、夜明けの光をあびはじめた灰色《はいいろ》の屋根ばかり。南の島の美しい風景《ふうけい》は、たとえ目をこらしても、ここからは見ることができません。

ため息をつきながら、パソコンの電源《でんげん》をいれると、ニムからメールがきていました。

読みおわったとき、アレックスは真っ青になっていました。

「うそでしょ？　子どもが島にたったひとりでいるなんて、そんな、まさか！」

もう一度、メールを読んでみます。

そのあと、これまでニムからもらったメールを全部印刷《いんさつ》して、読みなおしました。

〈火の山〉をのぼったときのメールを読み返すと、のぼるとちゅうや、てっぺんから見える島の光景《こうけい》が書かれていますが、そういえば、いっしょにのぼった人の話は出てきません。

「わたしのせいで、火山にひとりでのぼって、けがしちゃったんだわ……！」

アレックスは、ぞーっとしました。

送信者《そうしんしゃ》　トクメイキボウ＠ナイショ・net
あて先　ジャックルソー＠カガクシャ・net
日時　４月９日（金）05時55分

ニム様
ひざがはれあがるような、ひどいけがをしたら、ヒーローは何をおいてもまず、そのひざを海にひたすでしょう。

それからヤシの実のジュースであらって、ほうたいをして、日かげでしっかり休みます。水も、たっぷり飲むはずです。

それから、さびしくなったり、みじめな気分になったりしたら、ヒーローは、だれかにその気持ちを伝《つた》えるでしょう。

メールで伝《つた》えるかもしれませんね。

物語の中のヒーローだけではなく、本物の島にいる女の子も、そうしたほうがいいと思います。

あなたは、ひとりぼっちなのですか？　ご両親は？

助けが必要《ひつよう》なんじゃありませんか？

愛《あい》をこめて。

アレックスより

ニムはメールを読むと、パソコンの電源《でんげん》を切りました。ひざはまだズキズキしますが、どうすればいいかわかった今は、気分がすっかり軽くなりました。

水の入った青いびんを持って、浜《はま》におりていくと、足を海水にひたしながら、岩のかげにすわりました。

セルキーが心配そうに、ニムの右側《みぎがわ》にすわりました。フレッドも負けずに左側《ひだりがわ》にいきます。

友だちにはさまれて海をながめながら、びんの水を飲んでいるうちに、ニムはいつしか、夢《ゆめ》の中に入っていきました。

目がさめたのは、太陽がかたむきかけたころでした。

「一日じゅう、ここですごしちゃった！」

ヒーローなら、こんなに長い時間、足を海水にひたさないのかも、とニムは思いました。でも、とにかくもう、頭がふわふわした感じはありません。

ニムはヤシの実にあなをあけると、ハンカチにジュースをしみこませて黄色いうみをふきとりました。まだ痛《いた》みはありますが、はれは引いて、熱《ねつ》もとれたようです。

うちに帰ってパソコンの電源《でんげん》をいれると、アレックス・ローバーからのメールを読みなおしてみました。

「わあ！」

ニムはさけびました。うれしくて、目の前がバラ色になった気がします。

最初《さいしょ》に読んだときには気がつきませんでしたが、アレックス・ローバーは、ニムが助けを必要《ひつよう》としていたら、この島にきてくれるつもりなのです。なんて勇《ゆう》かんで、たよりになる人でしょう。やっぱり、ヒーロー本人にちがいありません。新聞の切りぬきに書いてあったとおりに……。

送信者《そうしんしゃ》　ジャックルソー@カガクシャ・net
あて先　トクメイキボウ@ナイショ・net
日時　4月9日（金）　18時26分

アレックス・ローバー様
お母さんは、わたしが赤ちゃんのとき、シロナガスクジラの胃《い》の中身を調査《ちょうさ》しにいきました。
けれども、悪者たちがびっくりさせたせいで、クジラは海の深いところにもぐってしまい、お母さんもいっしょに行方《ゆくえ》がわからなくなりました。
今もまだ、もどってきていません。
ジャック（お父さんです）は、プランクトンを研究しています。
三日間の予定で調査《ちょうさ》に出かけてから、十日以上《いじょう》になります。
あらしで舵《かじ》もパラボラアンテナもこわれて、電話もできないし、
帰ることもできなかったんです。
でも、グンカンドリのガリレオに手紙をつけて、もうすぐ帰ると
知らせてくれました。
「もうすぐ」というのは、明日かもしれないし、あさってかもしれません。
わたしはひとりぼっちじゃありません。フレッドとセルキー、それに、
チカもいます。
ひざの傷《きず》も、教えてもらったとおりにあらったら、だいぶ
よくなりました。

だから、だいじょうぶです。助けが必要《ひつよう》なわけじゃありません。

それより、あなたがヒーロー本人だとわかって、すごくうれしいです。

やっぱり、思ってたとおりの人だったんですね！

そんな勇《ゆう》かんで、りっぱな男の人から「愛《あい》をこめて」というメールをもらえたかと思うと、わくわくします。

（手紙の終わりにつける決まり文句《もんく》だと、わかってはいますけど）

ニムより

ニムはパソコンの電源《でんげん》を切りました。本当は、メールに書いたほど、「だいじょうぶ」という気分にはなれません。

それで、ひとりでマットに横になるかわりに、ウミガメビーチにいきました。セルキーとフレッドとならんで浜《はま》にすわっていると、チカもそばにきて、ねそべりました。

銀色にかがやく満月《まんげつ》が、東のほうからのぼってきました。

チカが産卵《さんらん》にもどってきたのは、半月のころでした。ニムたちのところで一週間ほどすごしてくれましたが、そろそろ海にもどっていくはずです。また一年、世界の海を旅するのです。

チカがいなくなったら、ますますさびしくなりそうです。ジャックはまだ帰ってこないし、アレックスには助けにこなくていいと、書いてしまいました。

「また、春にはもどってくるよね？」

思わずきくと、チカがねむたそうにうなずいたので、ニムはあごをなでてやりました。

「きっとだよ。待ってるから！　チカのこと、もっとアレックスに知らせておくね。もしかすると、チカに会いたくて、この島にきてくれるかも」

Nim's Island

11

ニムのショック

「悪夢《あくむ》だわ。島にひとりぼっちの子どもがいるのに、そのことを知っているのは、わたしだけだなんて！　よりによって、この、わたしだけ！」

アレックスはうめきました。

「子どものころ、いたずら好《ず》きのおじさんにプールに放りこまれてからというもの、水がこわくてたまらない、このわたしだけだなんて！」

南の島にいく方法《ほうほう》を調べようと、インターネットの検索《けんさく》サイトに「旅行会社」と入力して、クリックします。

「飛行機《ひこうき》もこわくてたまらないから、乗らずにすませてきたのに……」

どうやら、ジェット機《き》から小型機《こがたき》へと乗りついでいくしかなさそうです。

「自分の部屋でぬくぬくしたまま、空想するだけだったわたしが、まさか冒険《ぼうけん》に出ることになるとはね……。でも、今度ばかりは行動しなくちゃ」

アレックスは、ニムにメールを送りました。

送信者《そうしんしゃ》　トクメイキボウ@ナイショ・net
あて先　ジャックルソー@カガクシャ・net
日時　4月9日（金）　13時52分

ニム様
私《わたし》の本に出てくるヒーローたちが勇《ゆう》かんで強くて、頭が切れるのは、ざんねんながら作り物だからです。本物の人間は、こうはいかないし、運だってヒーローほどには、よくないでしょう。

理想的なヒーローのお話を私《わたし》が書きたくなったり、読者が楽しんでくれたりするのは、そのせいかもしれません。

私《わたし》は背《せ》が高くもなければ、ハンサムでもありません。

勇《ゆう》かんでないことも、たしかです。それに、男の人でもありません。

アレクサンドラという本名を前に書いたとき、お知らせしたつもりでいましたが、説明不足《せつめいぶそく》だったようですね。

私《わたし》はヒーローではないし、助けが必要《ひつよう》ないこともわかりましたが、やっぱりあなたに会いに島にいきたいと思っています。

もちろん、フレッドやセルキーやチカにも会ってみたいですし。

（ところで、セルキーはどんな犬ですか？

あなたのお父さんより重いなんて、セント・バーナードかな？

フレッドは小さいんですよね。プードルですか？）
愛《あい》をこめて。
アレックスより
ＰＳ　私《わたし》の電話番号は、155-897-346です。
そちらの番号を教えてください。

アレックスが折《お》り返《かえ》し返事をくれていたことを、ニムが知ったのは、つぎの日の夕方でした。

わくわくしながらメールをひらいたニムは、画面を見つめたまま、かたまってしまいました。

それから、声に出してもう一回、ゆっくり読んでみます。

まちがいありません。

パソコンの画面を思いきりにらみつけ、電源《でんげん》を切りました。「作り物」「男の人でもありません」といった言葉が、頭の中で、がんがん鳴りひびいています。

アレックス・ローバーがヒーロー本人だと、信《しん》じていたのに！　勇《ゆう》かんでないばかりか、女の人だったなんて！

ニムはおこっていました。だまされた気分でした。だましたアレックスにも、だまされた自分にも、むちゃくちゃ腹《はら》がたちます。一方、支《ささ》えがとつぜんなくなったようで、さびしくて、悲しくて、もう、何がなんだかわかりません。

「ワ――ッ！」

胸《むね》の中でうずまいていたものが、さけび声になってふきだしました。

岩場のほうで、セルキーがほえはじめました。何ごとかと、心配しているのでしょう。

メールで返事しちゃ、だめ！　ニムは思いました。今パソコンを使ったら、キーボードをたたきこわしちゃいそう。

そこで、紙とえんぴつをつかむと、浜《はま》にずんずんおりていきました。

アレックス・ローバーへ

だますなんて、ひどい！　だましたつもりはないかもしれないけど、やっぱりひどい！　ぜったいにゆるせません。

さびしかったり、こわかったり、たいくつだったりしたときはいつも、「ヒーローなら、こんなときどうするだろう」って想像《そうぞう》して、同じことをしようとしてきました。ヒーローがあなただと、信《しん》じていたからです。本当にいる人間だと信《しん》じていたんです。だから、お手本にすれば、自分もピンチを切りぬけられると思っていたのに。

作り物をお手本にしてたなんて、ばかみたい！

あなたみたいなお父さんがいたらよかったなあ、なんて、ちょこっとでも考えた自分に、とっても腹《はら》がたっています。

これっきり、永遠《えいえん》に、さようなら。

ニムより

ニムはたき火を起こし、なぐり書きした手紙を投げこみました。手紙はけむりになって、はるかかなたのアレックス・ローバーのところまで、とどくかもしれません。けむりの手紙を読めば、ニムがどれほどおこっているか、アレックスも思い知るでしょう。

セルキーとフレッドが、そっとそばにきました。

「アレックス・ローバーが、うそついたの！」

ニムは、枝《えだ》をたき火に放りこんで、火を大きくしました。

セルキーが、ウーッとうなります。

「ううん、うそをついたわけじゃない」

ニムはセルキーによりかかって、なみだをふきました。

「でも、ヒーローじゃなかった。本に書いてあるとおりの人だと思って、たよりにしてたのに。でも、ちがったの」

セルキーがなぐさめるように、低《ひく》く鳴きます。

「セルキーは、ほかのだれかに変《か》わったりしないよね」

セルキーが首をかしげて、ニムを見ます。ニムは急に心配になって、じょうだんめかして、つけたしました。

「明日になったら、人魚に変《か》わってたりしないでよ！」

セルキーが　太い声で安心させてくれました。

「アレックスはね、セルキーのこと、セント・バーナードだと思ってるみたい。フレッドはプードルだって！」

ふいに、ニムはくすくす笑《わら》いだしました。

「むこうは、あなたたちを犬だと思いこんでて、あたしは、アレックスをヒーローだと思いこんでたんだね！」

笑《わら》い声《ごえ》は「くすくす」から「あはは」に変《か》わり、さらに大きくなりました。笑《わら》いながら、しゃくりあげていました。砂《すな》の上に体を投げだして、泣《な》き笑《わら》いしているうちに、ようやく落ちついてきました。

怒《いか》りにまかせた返事をメールで送らなかったのは、キーボードをたたきこわす心配があるから、という理由だけでないことは、本当はニムにもわかっていました。

そこで、つぎの朝、太陽がのぼると、パソコンの電源《でんげん》をいれました。

送信者《そうしんしゃ》　ジャックルソー@カガクシャ・net
あて先　トクメイキボウ@ナイショ・net
日時　4月11日（日）　06時45分

アレックス・ローバー様

あなたがだまそうとしたわけではない、と今は思えます。

わたしが勝手に思いこんでいたんです。
勇《ゆう》かんな人と知り合いになれたと思って、うれしかったんです。
だって、自分が、ちっとも勇《ゆう》かんじゃないから……。
それと、わざとじゃないけど、わたしのほうも、あなたを
だましてたみたいです。セルキーとフレッドは、犬じゃありません。
でも、きっとあなたはふたりと気が合うと思います。
いつ、こちらにきてくれますか?

ニムより

送信者《そうしんしゃ》　トクメイキボウ@ナイショ・net
あて先　ジャックルソー@カガクシャ・net
日時　4月11日(日)　01時46分

ニム様
今すぐ、出かけます！
愛《あい》をこめて。
アレックスより

ニムからの返事がまだこないうちから、アレックスは計画をねって、仕事や用事をすませ、荷づくりをはじめていました。

生活の時間は、おとといの夕方からもう、島の時間に切りかえています。夕方、つまり、島では夜にあたる時間に自分もベッドに入り、島が夜明けをむかえるころ起きるようにして、体をならしているのです。今日も、こちらはまだ真夜中ですが、起きだして、メールのチェックをしてみました。島では夜が明けたころのはずです。

ニムの返事を見て、アレックスはほっとしました。もし「島にはこないで」という返事がきたらどうするかは考えないようにして、旅行のじゅんびを勝手に進めていたからです。なにしろ、ニムがひとりぼっちでだいじょうぶとは思えないし、ジャックがすぐに島に帰れるかどうかも、わかりません。返事がどうであれ、島にむかったと思いますが、ニムが自分を待っていてくれると思うと、飛行機《ひこうき》に乗ることにも、耐《た》えられる気がしました。

荷物はもう、スーツケースにつめてあります。救急箱《きゅうきゅうばこ》、パソコン、携帯電話《けいたいでんわ》、ノート、ペン、『スイスのロビンソン』と『ロビンソン・クルーソー』、歯ブラシ、着がえ、地図、などなど。

あとはもう、ドアに鍵《かぎ》をかけて出かけるばかりです。

Nim's Island

12

アレックスの冒険《ぼうけん》

最初《さいしょ》に乗ったのは、大きくてりっぱなジェット機《き》でした。

けれども、空を飛《と》んでいる間じゅう、アレックスはびくびくしていました。地面がはるか下にいってしまったかと思うと、こわくてたまりません。やがて、地面は海に変《か》わりましたが、やっぱり景色《けしき》を楽しむどころではありませんでした。

ジェット機《き》が目的地《もくてきち》に着陸《ちゃくりく》したのは、太陽がしずんだあとでした。アレックスは、ここですぐに小型機《こがたき》に乗りかえて、ニムの島にいちばん近いサンシャイン島に、つれていってもらうつもりでした。けれども、小型機《こがたき》のパイロットは、今日はもう出

発できないといいました。

「こう暗くちゃ、むりですよ。命がおしいですからね」

つべこべいわずに、つれていきなさい！　とどなりたいところでしたが、アレックスは仕方なくホテルにとまりました。

早くニムの島にいきたいのに……。ホテルの部屋で時間をつぶしていると、じりじりした気持ちが、どんどん強くなります。

気をまぎらわすために、アレックスは、メールをチェックしてみました。

送信者《そうしんしゃ》　ジャックルソー@カガクシャ・net
あて先　トクメイキボウ@ナイショ・net
日時　4月11日（日）　18時28分

アレックス様

本当にきてくれるなんて、うそみたい！　どうやってくるんですか？
つくのは、いつごろになりそうですか？
そういえば、お知らせするのをわすれてました。
わたしの携帯電話《けいたいでんわ》の番号は、022-446-579です。
これまで、ジャック以外《いがい》の人としゃべったことがありません。
でも、同じように話せばいいんですよね。
ニムより

送信者《そうしんしゃ》　トクメイキボウ@ナイショ・net
あて先　ジャックルソー@カガクシャ・net
日時　4月11日（日）22時00分

ニム様

まったく、もう！　今日のうちに会えると思ったのに、
日暮《ひぐ》れのせいで足止めをくらってしまいました。
それに、せっかく番号を教えてもらったのに、この時間では
電話もできませんね！
夜が明けたら、小型機《こがたき》でサンシャイン島にいきます。
そこで、トロッポ・ツーリストの船に乗りかえる予定です。
トロッポ・ツーリストは、お客の希望《きぼう》を聞いて、どこへでも
船でつれていってくれる旅行会社です。
どんな島にだってご案内しますと、うけあってくれました。
こちらとしては、あなたの島の場所は、まだ教えてませんけどね。
明日は会えるかと思うと、うれしくてたまりません！
愛《あい》をこめて。
アレックスより

ニムはまだ暗いうちに、目をさましました。クリスマスやたんじょう日みたいに、わくわくしています。懐中電灯《かいちゅうでんとう》をつけると、メールをチェックしました。

「たいへん！」

目覚《めざ》まし時計が、やかましく鳴っています。アレックスはスイッチを切りました。ところが、音は止まりません。

鳴っているのは携帯電話《けいたいでんわ》だと気がついて、アレックスが出ると、いきなり女の子の声が耳にとびこんできました。

「それ、悪者なの！　島にこさせちゃ、だめ！」

「なんですって？　だれのこと？」

そういったあと、アレックスはすぐに気づきました。

「ニム？　ニムね？　トロッポ・ツーリストのことね？」

「トロッポ・ツーリストがクジラを追いまわしたせいで、お母さんは死んじゃったの。今度は、観光客《かんこうきゃく》を島につれてきて、アシカや海鳥やあたしたちの平和なくらしを台なしにするつもり。おねがい、つれてこないで！」

「わかったわ。そんな悪者はこらしめてやりたいわね。せめて、あなたの島に近づく気をなくすように、うまく、しむけなくちゃ」

「どうやって？」

「わからない。でも、出発まで四時間あるの。何か考えてみるわ。じゃあね」

電話が切れてから、ニムは気づきました。いけない、こんな時間に電話しちゃった……。でも、初《はじ》めて話をしたのに、ちっとも初《はじ》めてという感じがしません。なんだか、ずっと前からの友だちと話をしたみたいでした。


太陽がすっかりのぼったころ、アレックスはしたくをとっくにすませて、飛行場《ひこうじょう》で待っていました。トロッポ・ツーリストにニムの島がどこにあるかを教えずに、うまく島にいく方法《ほうほう》は、まだ思いついていません。

サンシャイン島につくまでに、何かいいアイデアがうかぶかも……。

けれども、いよいよ小型機《こがたき》が空に飛《と》び立《た》つと、アレックスの胃《い》は、でんぐりがえりました。きのうのジェット機《き》とはくらべものにならないくらい、ゆれています。

「作家さんだそうですが、取材旅行《しゅざいりょこう》か何かで？」

パイロットにきかれても、ろくに答えられません。

「ええ、まあ……」

目をつぶって、必死《ひっし》にこわさと戦《たたか》いながら、アレックスは頭をはたらかせようとしました。とにかく、トロッポ・ツーリストの連中《れんちゅう》には、一度会わなくちゃ。放っておいたら、いつかニムの島を見つけてしまうかもしれないし。ニムのお母さんがいなくなる原因《げんいん》を作った悪者に、もうちょっとで、島の場所を教えてしまうところだったなんて……。

とつぜん、アレックスの心から「恐怖《きょうふ》」が消えました。かわりに感じているのは怒《いか》りです。なるほどね、わたしの本のヒーローは悪者と戦《たたか》うとき、きっと、こんなふうに感じているんだわ！

パイロットがいいました。

「サンシャイン島が見えてきましたよ。飛行場《ひこうじょう》は、ヨットスクールを通りすぎたところにあります。ほら、船がたくさん見えるでしょう？」

アレックスは、まどの外を見ました。

「ヨットスクールでは、乗り方を教えてくれるんですか？」

「ええ。講習《こうしゅう》もするし、船も売っていますよ」

アレックスは外を見たせいで、ますます気分がわるくなりました。でも、ヒントをもらったおかげで、頭の中に、ひとつのアイデアがひらめきました。

二時間後、アレックスは全身、びしょぬれになっていました。練習用のヨットから、何度も海に放りだされたせいです。でも、なんとか帆《ほ》や舵《かじ》をあやつる方法《ほうほう》をおぼえて、合格点《ごうかくてん》をもらいました。

今では、自分の船まであります。小さな青いヨットを買ったのです。

スクールの校長はヨットの代金を受けとりながら、いいました。

「初《はじ》めてにしては、おじょうずですよ。でも、海岸からあまりはなれないように、気をつけてくださいね」

アレックスは笑顔《えがお》を返そうとしましたが、できませんでした。

「あなたが、有名な冒険小説家《ぼうけんしょうせつか》と同じ名前なんで、びっくりしましたよ。まあ、彼《かれ》の場合は、講習《こうしゅう》なんか受けなくても、船の操縦《そうじゅう》はお手のものでしょうけどね」

彼《かれ》じゃなくて、彼女《かのじょ》なんです！　アレックスは心の中でいいました。でも、とにかくもう、操縦《そうじゅう》はおぼえたわ。悪者をやっつけに、いざ、出発！

いさましい心の声が消えないうちにと、アレックスは青いヨットにスーツケースをのせ、スクールの湾《わん》の外へこぎだしました。

ぐるりとまわって、トロッポ・ツーリストの船が停泊《ていはく》している波止場《はとば》へむかいます。

「おーい！」

アレックスは波止場《はとば》にとびうつって、さけびました。

トロッポ・ツーリストの船長が、タラップをかけおりてきました。

「あなたがアレックス・ローバーさんで？　てっきり、男だと……いえ、失礼《しつれい》」

「われわれのことを本に書くんですか？」

乗組員がたずねました。

「たぶんね」とアレックス。

「なら、いい印象《いんしょう》を持ってもらえるよう、がんばらねばなりませんな」

船長が、作《つく》り笑《わら》いをうかべました。

「そうでしょうね。ところで、自分の船を持ちこんでもかまいませんか？」

「おい、おまえたち、ローバー先生の船をデッキにおのせしろ！」

船長は乗組員たちに命じ、うれしそうにもみ手をしました。

「さて、先生がおたずねになりたいという、その島の場所を教えていただけますかな?」

アレックスは、地図上のある一点を指さしました。ニムの島の少し東です。

「どんな島か、ぜひくわしくお聞きしたいものです」

船長はそういうと、エンジンを作動させました。

乗組員たちがまわりに集まってきたので、アレックスは大きく息をすいこみました。作家はお話を作るのが、もちろん得意《とくい》です。これまで多くの人がアレックスの作りあげた物語を読んで笑《わら》い、泣《な》き、息をのんで楽しんでくれました。けれども、これから語るお話には、ひとつの島の運命が――ニムとお父さんの運命がかかっているのです。

「むかしむかし、世界が生まれてまだ、まもないころ、ひとつの火山が深い海の底《そこ》で育ちはじめました。火山は何百年も何千年もかけて、だんだん大きくなりました。地球の中心からのぼってくる煮《に》えたぎった火の川を栄養《えいよう》にしながら、育っていったのです。

そしてある暑い夏、そう、ちょうど今日のような日に、火山は海の底《そこ》で……爆発《ばくはつ》しました！」

「爆発《ばくはつ》」という言葉を、アレックスは手を広げて目を見ひらき、はきだすようにいいました。乗組員たちが、ぶるっとふるえます。

「耳もつぶれそうな音とともに海は大ゆれにゆれ、水柱、火柱がふきあがりました。いなずまが光り、雷《かみなり》がとどろき、風がほえ、波が立ちあがります。煮《に》えたぎる溶岩《ようがん》が火山のてっぺんからあふれだし、溶岩《ようがん》の上に新しい溶岩《ようがん》が流れつづけました。

やがて……すべてが終わると、溶岩《ようがん》はさめて岩になり、小さな海底火山《かいていかざん》は海から頭をつきだし、島になっていました」

船長たちは、息をつめて聞きいっています。アレックスは話をつづけました。

「長い長い年月の間、このような形で、いくつもの島が生まれました。そのほとんどは、のちに人の住める美しい島になりました。ところが、ある島はちがいました。

いつになっても火山が火をふくのをやめず、煮《に》えたぎる溶岩《ようがん》が流れているのです。つねに地獄《じごく》のにおいがただよい、岩と切り立つ崖《がけ》ばかりの不毛《ふもう》の島、それがわたしの目ざしている島です」

「しかし、その島にも、金色の砂浜《すなはま》はあるんですよね？」

船長が「あってほしい」というふうにたずねます。

「ほとんどは岩場と崖《がけ》ですが、一部には浜《はま》もあります。ですが、サンゴ礁《しょう》の迷路《めいろ》をぬけていかないと、たどりつけません。少しでも針路《しんろ》をあやまると、船はするどくとがった岩に、ずたずたにされるでしょう」

乗組員たちはぶるっとふるえました。

「島の岩場には、このうえなくあらあらしいアシカがいます。勇《ゆう》かんなアシカたちは島を守るために、体をはって戦《たたか》うでしょう。

もしも、運よく船がサンゴ礁《しょう》の迷路《めいろ》を通りぬけ、アシカたちの攻撃《こうげき》をかわすことができて、毒《どく》ガスで息がつまることも溶岩《ようがん》で丸焼《まるや》きになることもなく、浜《はま》にたどりついたとしても、まだ上陸《じょうりく》はできません。ドラゴンたちが待ちかまえているからです」

「ドラゴン？」

乗組員のひとりがさけびました。

「体は小さいのですが、ドラゴンには、針《はり》のようにとがったトゲが、びっしりとはえています。おまけに浜《はま》をおおいつくすくらい、たくさんいます。アシカたちと同じく、島を守るためとあらば、命がけで戦《たたか》いをいどんでくるでしょう」

だれかが「どうやって？」と質問《しつもん》してくる前に、アレックスは急いでつづけました。

「島には海鳥たちもいます。火をふき、毒《どく》ガスをはく山にすんでいるだけあって、大きくて力があるばかりか、動きもすばやくて身軽です。島に上陸《じょうりく》した人は、あっというまに、髪《かみ》をむしられ、体をつつきまわされることでしょう」

船長が不安《ふあん》そうに、ぼうしを耳まで引きさげました。

「どうして、そんなおそろしい場所へいらっしゃりたいんで？」

「船長！　先週いったあの島より、ひどそうじゃないですか。そんなとこへいくのは、かんべんしてくださいよ！」

青い顔をしている乗組員に、アレックスは笑顔《えがお》をむけました。

「もちろん、みなさんを危険《きけん》な目にあわせるつもりはありません。わたしの船を海におろしてくれれば、あとは自分でいきます」

「しかし、なぜ、そんな島へ？」

船長がまたたずねます。

「今書いている本の中で、ヒーローが悪者からのがれるために、わざとそういう島を利用《りよう》するという設定《せってい》を考えているのです。うまくいくかどうか、ためしてみたいんですよ」

アレックスがうそをつくと、船長は、くくくと笑《わら》いました。

「なんだか、われわれが悪者みたいに聞こえますなあ」

「かもしれませんね」

アレックスは思いました。トロッポ・ツーリストの連中《れんちゅう》をこわがらせることはできたけど、まだ足《た》りないわ。罪悪感《ざいあくかん》を植えつけて、もうぜったいに、ニムたちのじゃまをさせないようにしなくちゃ！

アレックスは、続《つづ》きを話しはじめました。

「主人公のヒーローは、悲しみを背負《せお》った男なのです。かつては科学の研究で世界に貢献《こうけん》しながら、おくさんのヒロインと赤んぼうと、三人で幸せにくらしていました。ところがある日、ヒロインがクジラを研究するために海にもぐっているとき、一隻《せき》の船が通りかかったのです。

船の人たちは、クジラの写真をとろうと近づいてきて、さわぎたてました。ヒーローは、クジラをこわがらせないように、どうか静《しず》かに立ち去ってほしいとたのみました。しかし、船長たちは耳も貸《か》さずに、大さわぎをしながらクジラを追いまわしたのです。

クジラはおびえて、海の底《そこ》までもぐってしまいました。そして、愛《いと》しのヒロインも……いつまで待っても、もどってこなかったのです」

アレックスは最後《さいご》の部分を、ささやくようにいいました。乗組員のひとりがクスンと鼻を鳴らし、ひとりがはなをかみました。ほかの者もみんな、目をこすっています。

「船の人たちは悪者なのでしょうか？　それはあなたがたに決めてもらいましょう。船の人たちが悪者なら、この物語はハッピーエンドにはなりません。よく考えて決めてください。

ヒロインを失《うしな》ったヒーローは、今では子どもとふたり、そのおそろしい島でくらしています。善良《ぜんりょう》な人からも悪者からも遠くはなれ、静《しず》かに科学の研究をつづけているのです。

さて、その島に例《れい》のそうぞうしい船がやってきたら、どうなるのでしょうか？

アシカやドラゴンたちは、今ではヒーローの友だちだというのに、船に乗ってきた悪者たちに、やっつけられてしまうのでしょうか？　ヒーローはつつましい住みかを失《うしな》い、世界の役に立つはずの研究成果《けんきゅうせいか》も、ふみにじられてしまうのでしょうか？」

乗組員たちのトロッポTシャツが、なみだでぐっしょりぬれていました。はなをすする音が、あちこちから聞こえてきます。

「そんなの、だめです。あんまりだ！　あなたの小説《しょうせつ》を、そんなふうに終わらせないでください！」

乗組員が口々にさけびました。

アレックスは船長を見ました。

船長は、ヒーロー親子が不幸《ふこう》になろうと、ちっともかまいませんでした。けれども、アシカやドラゴンや船を切りさくサンゴ礁《しょう》の話には、ぞっとしていました。そんな島に近よるのはごめんです。何より、この有名な作家の本に、自分たちが悪役として登場するのはまずい、と思いました。本に出てくる悪者のモデルが、この自分だとわかったら、観光客《かんこうきゃく》はトロッポ・ツーリストによりつかなくなってしまうでしょう。

船長は、サメも負けそうな冷《つめ》たい笑顔《えがお》で、いいました。

「物語はハッピーエンドでなくてはいけませんな。あなたの本のヒーロー親子は、自分たちの島で、自分たちだけでくらすべきです。観光客《かんこうきゃく》はほかの場所を見つけて、探検《たんけん》すればいいんです」

Nim's Island

13
大あらし

ニムは鼻歌まじりに、いつもの仕事をかたづけていきました。どうやって悪者をやっつけるつもりかわかりませんが、アレックスなら、うまくやってくれるはずです。

湿度《しつど》や風力の表に数字を書きこみ、うちのそうじをしたあと、新しいヤシの葉っぱをとってきて、アレックスのベッドを作りました。お母さんの写真と、ヤシの実から出てきた〈ラッキー・パール〉のまわりには、貝がらをかざってみました。〈ごちそう畑〉で雑草《ざっそう》をぬいたり、水をまいたりしている間も、ニムはごきげんで

した。昼食にバナナと豆を食べ、うちに持ってかえるサツマイモを三本ほりました。レタスとアボカドとトマトを一こずつ、それにイチゴもたっぷり、とりました。

そのあと、休けいとおふろをかねて、泉《いずみ》にとびこみました。フレッドといっしょに水の中から、空を飛《と》ぶ海鳥たちをながめます。

カモメたちは、夜でもないのに、あわてて巣《す》にむかっているようです。なんだか、へんです。

ニムは急いで泉《いずみ》からあがり、荷車を引いて、うちにむかいました。浜《はま》のほうから、アシカたちがほえている声が聞こえてきます。

うちのそばで、セルキーが待っていました。浜《はま》からここまであがってきて、ニムを必死《ひっし》によんでいたようです。

カモメたちといっしょに、グンカンドリが一羽、頭上を通りすぎました。

「ガリレオ！」

ニムは急いでうちに入り、トロッポ・ツーリストのぼうしを取ってきました。

「手紙、持ってきてくれたの？」

ガリレオが舞《ま》いおりてきて、魚のマスコットをつかみます。足にはニムの予想どおり、手紙がついていました。

ニムへ
あらしが近づいている、と海鳥たちがいっている。

すぐに〈避難《ひなん》どうくつ〉にいきなさい。

携帯電話《けいたいでんわ》とパソコンと、ソーラーパネルとバッテリー、それに研究道具をどうくつに運んでおいてほしい。余裕《よゆう》があれば、ほかのものも。

だが、本当にだいじなのはおまえだけだ。間に合わないと思ったら、何もかもすてて、どうくつににげこみなさい。

あらしに負けなければ、今晩《こんばん》か明日の朝には帰れると思う。

愛《あい》をこめて。

どこかのジャックが、どこかのニムを好《す》きなのに負けないくらい、
おまえが大好《だいす》きだよ。
ジャックより

ニムは空を見あげました。雲ひとつなく真っ青ですが、空気が重くのしかかってくるようです。あらしがくるという海鳥たちの予報《よほう》は、あたっているのでしょう。

「アレックスに知らせなきゃ！」

ニムは急いで電話をかけました。

アレックスはよびだし音が二度鳴っただけで、すぐに出ました。

「わたしね、船の動かし方を習ったの。これから、自分で操縦《そうじゅう》してそっちにむかうわ！　ちょうど今、トロッポ・ツーリストの船からおりて、自分のヨットにうつったところ！」

「あらしがくるの！　トロッポ・ツーリストの船にもどって！」

ニムはたのみました。

けれども、トロッポ・ツーリストの船のエンジン音のせいで、返事が聞こえません。やがて、エンジン音が遠のいたとき、アレックスがこういっているのが聞こえました。

「あなたの島が見えてきたわ！　まだ、小さな点みたいだけど。急いでむかうわね。もうすぐ風がひどくなるって、船長にいわれたの」

「ただの風じゃないの！　あらしなの！」

ニムはさけびましたが、どういうわけか、電話はぷつっと切れてしまいました。

ニムは荷車に電話を放りこみました。ラッキー・パールをポケットにいれると、パラボラアンテナとソーラーパネルを屋根からおろします。

お母さんの写真と懐中電灯《かいちゅうでんとう》、充電器《じゅうでんき》、パソコン、パラボラアンテナを荷車につみこむと、ソーラーパネルをいちばん上にのせて、まとめてロープでくくりつけました。

フレッドがその上によじのぼりました。荷物がくずれそうです。

「フレッド！　歩いたほうが、体にいいんだよ！」

荷車からフレッドをおろし、ニムはセルキーに声をかけました。

「〈避難《ひなん》どうくつ〉にいくから。あそこで会おうね！」

セルキーは海にもどって泳いでいくほうが、楽にどうくつにいけるはずです。ウミガメのチカについては、心配ないでしょう。海の底《そこ》にもぐっていれば、あらしをやりすごせるはずです。

ニムはシューシュー岩まで荷車を引いていきました。そこから先、どうくつまでは、〈真っ黒岩〉の岩場です。荷物は手に持って運んでいくしかありません。パソコンが重くて、落としそうになりましたし、ソーラーパネルも、引きずるようにしてようやく運びました。それでも、四往復《おうふく》して、すべての荷物をどうくつにいれることができました。

「ここで、おとなしく待っててよ！」

ニムはフレッドにいいきかせました。セルキーは道くさをくって、魚とりをしていましたが、ニムが巻貝《まきがい》を二度ふきならすと、どうくつにあがってきました。

海はまだ静《しず》かです。風もふいていません。

「あらしなんか、こないんじゃない？」

そう思いながらも、ニムは荷車を引いてうちにもどりました。つぎにだいじなものは、本やジャックのノートです。とても重かったので、シューシュー岩とどうくつを六往復《おうふく》して、ようやく全部運びこみました。

「あと一回で、全部運べるかな……」

うちに引き返して、ねどこのマット、水のびん、歯ブラシ、くし、服、気圧計《きあつけい》をつみこんでいると、東の空のかなたに、黒っぽいうずが見えはじめました。

ニムは大急ぎで出発しましたが、うずは、ものすごい速さで近づいてきます。

だめです、間に合いそうにありません。

ニムは荷車をおきっぱなしにして、体ひとつでかけだしました。シューシュー岩について、〈真っ黒岩〉の岩場に足をふみいれたとき、風が真正面からぶつかってきました。

はげしい風がニムをうしろへおしもどし、髪《かみ》をみだします。目をあけていられません。セルキーが、どうくつの中で、はげますように鳴いています。ニムは岩場をはうようにして、進んでいきました。

どうくつの入り口についたちょうどそのとき、最初《さいしょ》の雷《かみなり》がとどろき、はげしい雨が降《ふ》りだしました。

アレックスはスクールで教わったとおりに、ヨットをあやつっていました。トロッポ・ツーリストの船はもう、どこにも見えません。

わたし、広い海にたったひとりでいるのね。アレックスは思いました。それも、おもちゃみたいに小さな船に乗って……。

ニムが思いこんでいたみたいに、自分が勇《ゆう》かんなヒーローだったらよかったのに、と思えてきます。でも、帆《ほ》に風を受けて船を走らせるのがどんな気分か、本を書くときの参考《さんこう》にはできそうです。やさしい風、これまで見たこともないような雲……。〈これまで見たこともないような雲〉は、ぐんぐん近づいてきます。灰色《はいいろ》で、うずをまいています。〈やさしい風〉は、とつぜん、はげしい風に変《か》わりました。

このとき、はっと思い出しました。いけない、ライフジャケットをトロッポ・ツーリストの船においてきちゃった！

「海に投げだされないよう、いちおう、マストに体をくくりつけておこうかしら」

けれども、あっというまに、たたきつけるような雨が降《ふ》りだしました。マストまで、とてもたどりつけそうにありません。

見まわすと、すぐそばにある金属《きんぞく》の輪《わ》っかに、ロープが通してありました。アレックスはロープをたぐりよせると、片方《かたほう》のはしを輪《わ》っかに結《むす》びつけ、反対のはしを自分の腰《こし》にまいて結《むす》びました。

そのあとは文字どおり、何もできなくなりました。つぎつぎに大波がおそいかかってきて、舵《かじ》をとることもできません。波のてっぺんまで持ちあげられ、谷間につきおとされ、まるでジェットコースターのような乗《の》り心地《ごこち》です。

雷《かみなり》がとどろき、いなずまのフォークが、ぐさり、ぐさりと波につきささります。

アレックスは腹《はら》ばいになって、舵《かじ》ぼうにしがみつきました。しがみついているのが精《せい》いっぱいで、あやつるどころではありません。でも、あらあらしくうねる波と、はげしい風は、アレックスのヨットをうまい方向へ運んでくれているようです。ぼんやりかすんでいるニムの島が、少しずつ大きくなってきましたから。

これまで自分が勝手に冒険《ぼうけん》に送りだしてきたヒーローが、ピンチのときどんな気持ちだったのか、わかった気がしました。

このままでは死んでしまうかもしれない。いや、負けるものか。おれにはまだ、やることがある！

そうよねえ、ヒーロー……。恐怖《きょうふ》を感じながらも、それをはねかえす力がみなぎって、ぞくぞくするのです。

バキッ！

帆《ほ》が一気にふくらんだかと思うと、マストが折《お》れてしまいました。帆《ほ》が、みじめな白旗《しらはた》のようにはためき、波間にしずんでいきました。

「短い付き合いだったな。さらば、マストよ！」

アレックスはヒーローになったふりをしました。ヒーローなら、マストや帆《ほ》がなくなっても、あわてふためいたりしないでしょう。パソコンやスーツケースが波にさらわれて、海の底《そこ》にしずんでも、どっしりかまえているでしょう。

マストがヨットの底板《そこいた》を少し、道づれに持っていってしまい、底《そこ》にあいたあなから海水が入ってきても、ヒーローなら、こわいとさえ思わないでしょう。落ちついてぼうしをぬいで、水をかきだすはずです。

アレックスは、ぼうしをぬいで、水を外にかきだしはじめました。

問題は、アレックスがいくらヒーローになっても、やっぱり波は巨大《きょだい》なままで、雨は降《ふ》りつづき、風もほえつづけている、ということでした。いっしょうけんめいかきだしても、船の中の水はへらないばかりか、逆《ぎゃく》にふえていきます。

船がしずみはじめました。このままいけば、潜水艦《せんすいかん》になってしまいそうです。

潜水艦《せんすいかん》と心中しないですむよう、アレックスは腰《こし》のロープをほどこうとしました。けれども、結《むす》び目《め》がきつくしまっていて、どうしてもほどけません。

「こんなことなら、ガールスカウトに入っておくんだったわ。そうしたら、かんたんにほどける結《むす》び方《かた》にしておけたのに！」

あきらめて、今度は船の輪《わ》っかのほうの結《むす》び目《め》をほどこうとしました。こちらも、きつくしまっています。あせったアレックスは、歯も使ってほどこうとしました。けれども船がしずみかけている今、結《むす》び目《め》も水中にあるので、水が口に入ってむせるばかりです。やっぱり結《むす》び目《め》はゆるみません。

アレックスは思いました。海の上にいるのは、たしかに好《す》きじゃなかったけど……海の底《そこ》にいくよりは、ましだったかも。

Nim's Island

14

あらしのあと

ニムはフレッドをかかえこみ、セルキーに守られるようにして、どうくつの地面にふせていました。

はげしかった雨が、ようやくおさまってきました。どうくつの口から外をのぞくと、空は明るくなり、あれくるっていた風もおとなしくなっています。

外に出て〈真っ黒岩〉にのぼって見ると、海はまだあれていました。山のような高波が打ちよせています。くだけた波は白いあわになり、とびちるしぶきが、いくつも虹《にじ》を作っています。

ジャックがいっしょだったら、ニムも虹《にじ》に見とれたかもしれません。けれども、そのジャックは今ごろ、西の海の遠くまで、おしもどされてしまったでしょう。逆《ぎゃく》に、島の東側《ひがしがわ》にいたはずのアレックスは、あれた海のまっただ中をこちらに流されているにちがいありません。

「アレックスが、岩場にたたきつけられちゃう！」

望遠鏡《ぼうえんきょう》で水平線をさがすと、東のほうに、何か点のようなものが見えました。あれが、アレックスのヨットかもしれません。

ニムは急いでどうくつにもどると、ノートを一まいちぎりました。

ジャックへ
アレックス・ローバーを助けにいってきます。
愛《あい》をこめて。
ニムより

置《お》き手紙《てがみ》をして岩場にもどると、セルキーはちゃんと待っていましたが、フレッドは勝手に海にすべりこんでいました。

「待って！　ウミイグアナがひとりで、遠くまで泳げるわけないでしょ！」

けれども、フレッドはひとりではありませんでした。チカが、あらしの前にニムがふいた巻貝《まきがい》の音を聞いて、どうくつにできるだけ近い海の底《そこ》で休んでいたのです。

フレッドはチカの背中《せなか》に乗ると、甲羅《こうら》のふちにつめでつかまりました。

ニムはセルキーの首にしっかりだきついて、いっしょに海にすべりこみました。

勇《ゆう》かんなアシカでさえ、あれた海を泳ぐのはたいへんでした。強く高い波におそわれて、セルキーはおしもどされたり、水中にしずんだりしました。アシカは水中で泳ぐのが好《す》きですが、背中《せなか》に女の子を乗せているときはべつです。

ニムは何度もしょっぱい水を飲みましたが、セルキーにしがみつく手をはなしませんでした。

七度目の大波がきました。何もかものみこむような大波です。とうとう、ニムはセルキーから引きはがされ、海の中にのみこまれてしまいました。目の前には、青いうずしか見えません。どっちが上で、どっちが海の底《そこ》かもわかりません。

おぼれかけているニムを、セルキーが鼻面《はなづら》でおしながら力強くあがっていきます。ついに、水面に出ました。ニムはせきこみながらも、やっと息をすうことができました。

そのあと、波は少しだけおぎょうぎがよくなりました。ふたりは何度も波の上に乗りあげては、すべりおちましたが、水の中に深くしずめられることは、もうありません。波の谷底《たにぞこ》に落ちたときは水しか見えませんが、てっぺんに乗ると、遠くまで見わたせました。チカとフレッドのすがたはときどき見えましたが、アレックスの船は、見あたらないままです。

ニムたちは目をこらしながら、あたりをさがしてまわりました。

いつまでもアレックスを見つけられなかったら、どうしよう……。

ジャックはだいじょうぶかな。大波のせいで、うんと遠くに流されていたら、どうしよう……。

心配で心配で、もう、どうしていいかわからなくなったとき、セルキーがほえました。ニムがはっとして見まわすと、しずみかけながら流されている船が見えました。

「アレックス！」

巻貝《まきがい》をふきならしながら、ニムはセルキーと、まっしぐらに船にむかっていきました。

水は腰《こし》まであがり、胸《むね》まできました。さらに首まであがってきます。アレックスは息をついだり、水中にもぐったりしながら、ロープの結《むす》び目《め》をほどこうとしていました。

ヒーローだったら、こんなときどうする？　ロープの結《むす》び目《め》と、むなしく戦《たたか》いながら、アレックスは考えようとしました。でも、ヒーローならとっくに結《むす》び目《め》をほどいているはず、という答えしかうかびません。アレックスは大きく息をすいこみました。ああ、これが最後《さいご》にすえる空気かも……。

そのとき、するどい笛の音が聞こえました。そして、なんとも奇妙《きみょう》で、すばらしい光景《こうけい》が目にとびこんできました。くしゃくしゃの髪《かみ》の女の子が、アシカに乗って波間をつきすすみながら、巻貝《まきがい》をふいているのです。

「ニム——」

アレックスはさけぼうとしましたが、口より上に水面がきてしまいました。たいへん、ロープがほどけないせいで、おぼれかけているんだ！　ニムは波間に見えかくれしているロープに気がつきました。

そういえば、こういう場面、『峡谷《きょうこく》は危険《きけん》のかおり』にも出てきた！　ヒーローが崖《がけ》をおりるとき、腰《こし》に結《むす》んでたロープがじゃまになるの！

ニムはさやからナイフを取りだしました。セルキーが水中にもぐります。ニムがロープを切ると、アレックスがザバッと、水面に顔を出しました。

「ニム・ルソー、でしょ？　はじめまして」

船がゴボリと音をたてて、海の底《そこ》へしずんでいきました。

アレックスとニムは顔を見あわせて、笑《わら》いだしました。笑《わら》いの発作《ほっさ》がいつまでもおさまらないので、セルキーがほえて、ふたりに思い出させました。ここはあらしの海のど真ん中で、あなたたちは片手《かたて》で水をかいて、もう片方《かたほう》の手でアシカにつかまっているんですよ。笑《わら》っている場合じゃありません、と。

アレックスはセルキーを見て、いいました。

「あなたがセルキーね。救助犬《きゅうじょけん》みたいに遭難者《そうなんしゃ》を救《すく》ってくれたけど、セント・バーナードじゃなさそうね！」

おかげでニムは、ますます笑《わら》ってしまいました。

「アシカ犬、セルキーが、島までご案内《あんない》します」

今度は波と同じ方向にいくので、楽に進めますが、波はそのまま〈真っ黒岩〉にはげしくぶつかっていいます。いっしょに岩にたたきつけられてはたまらないので、サンゴ礁《しょう》をまわって、貝がらビーチからあがることにしました。

でも、さすがのセルキーも、ニムとアレックスを同時に乗せていくのはむりです。

「交代で乗っていけば、いいんじゃない？」

ニムがいいました。

けれども、ニムはセルキーほど速く泳ぐことができません。セルキーは、ニムはまだかと何度もふりむくことになり、アシカに乗るのになれていないアレックスは、そのたびに落っこちてしまいました。

「こんなことなら、水泳のレッスンを受けておくんだったわ」

アレックスがなさけない声でいいます。ニムがつかれておくれはじめ、アレックスが何度も落ちてしまうので、けっきょくふたりとも片手《かたて》でセルキーにつかまり、もう片方《かたほう》の手で水をかいて泳ぐことにしました。

けれども、島はあまり近づいているようには見えません。

ふいに、ニムのうでの下がちくっとしたかと思うと、フレッドが顔を出しました。

「フレッド！」

さけび声を聞いて、アレックスはニムのほうを見ました。そこにいたのは、ウミイグアナ！　なんてへんてこで……すてきな顔なの！

「プードルじゃなかったのね！」

フレッドのむこうのほうに、大きなふくろのようなものが見えました。そのうしろには、すました顔のカメがいます。

チカが、ヤシの実のいかだをひとつ、見つけてきたのです。

いかだをおしながら、どんどんニムたちにむかってきます。

「チカ、えらい！」

ニムはさけびました。

とうとう、いかだが手のとどくところまでくると、アレックスはニムの助けを借《か》りて、いかだにはいあがりました。

ニムはふたたびセルキーに乗りました。ニムの肩《かた》に、フレッドがのぼります。
数分後、みんなは貝がらビーチに、転がるようにしてあがりました。その先には
ニムのうちが……あるはずでした。

Nim's Island

15

あとかたづけ

うちはなくなっていました。けれどもニムはへとへとで、何がのこっているか、さがす気力もありません。

太陽がだいぶ低《ひく》くなっても、ニムとアレックスは浜《はま》にねころがって、休んでいました。

セルキーが海にすべりこんで、自分の夕食の魚をとりにいきました。フレッドは浜《はま》に打ちあげられた海草をさがしています。

チカは、しばらくみんなを見ていましたが、のそのそと海へむかいはじめました。

ニムはチカをだきしめました。チカがとうとう旅立つつもりだと、わかったのです。

「さよなら。また来年ね」

「助けてくれて、ありがとう」

アレックスも、チカの頭のてっぺんにキスをしました。

「日が暮《く》れる前に、〈避難《ひなん》どうくつ〉にいかなくちゃ」

ニムはいいました。

「夕ごはんは、非常用《ひじょうよう》のかんづめだけど、いい？」

「ええ。それに、いかだも食べられるかもね。網《あみ》のふくろじゃなくて、ヤシの実のことだけど」とアレックス。

「そういえば、もうひとつのいかだは、今ごろどうしてるかなあ」

ニムがいったのは、それだけでしたが、本当はもっと心配なことがありました。

今ごろジャックは、どうしてるかなあ……。

その、もうひとつのいかだは、アレックスを救《すく》ったいかだと同じく、やっぱりカギアナ入り江《いえ》の外へ流されていました。そして、大波につかまり、西へ西へと運ばれていったのです。

そのいかだには、今、へとへとの男がしがみついていました。その人のひたいには傷《きず》があり、あごには、二週間そっていないひげがのびていました。

アレックスはひと目見るなり、どうくつが気にいりました。

「『アリババと四十人の盗賊《とうぞく》』に出てくるどうくつみたい！」

「本当は、うちにとまってもらうはずだったのに。そうじも、いっしょうけんめいしたし、お客様用の新しいベッドマットも作っておいたのに」

ニムがぼやくと、アレックスがだきしめてくれました。すると、気持ちがすーっと楽になりました。あらしでうちがなくなったけど、だいじょうぶ、またいいこともあるよね、と思えてきました。

ニムが目をさますと、どうくつの入り口にアレックスがすわっていました。〈火の山〉の上に太陽がのぼるのを見つめています。

「なんて、きれいなの！　それに、あの海を見て！」

アレックスがいいました。

波がやさしく打ちよせ、ウミイグアナや大トカゲがカサコソ走っていきます。アシカたちがねそべり、海鳥が舞《ま》いながら魚をとっています。

セルキーは、ニムが起きだしたのを見とどけると、なかまのアシカのところにおりていきました。フレッドは、潮《しお》だまりで海草を食べています。

ニムとアレックスは朝ごはんに、ヤシの実と、非常食《ひじょうしょく》のライス・プディングを食べました。それから、パラボラアンテナとソーラーパネルを、太陽のよくあたる平らな岩にすえつけました。パソコンや携帯電話《けいたいでんわ》を充電器《じゅうでんき》にセットしてから、島を見まわりに出発しました。

ウミガメビーチにアシカ岬《みさき》、シューシュー岩に……カギアナ入《い》り江《え》！

「すべては、この入《い》り江《え》からはじまったのね」とアレックス。

「もしあたしが、ここでヤシの実の実験をしなかったら……」

「メールのやりとりをしなかったでしょうね。そしたら……」

「あなたは、ここにこなかった！」

なんだか、うそみたいです。今では、ずっと前からの知り合いみたいな気がします。

ふたりは見まわりをつづけました。ニムの美しい島は、ずたずたのぼろぼろになっていました。木は何本も折《お》れ、しげみはふきたおされ、うちのあったあたりには、かべや屋根のなごり、Tシャツの切れはし、つくえの脚《あし》、ヤシの枝《えだ》などがちらばっています。

「巨人《きょじん》がかんしゃくを起こしたあとみたい」

アレックスがつぶやきました。

〈ごちそう畑〉は、さらにひどいありさまで、豆もアボカドもトマトもつぶれていました。

物置《ものおき》のフックには、まだバナナがかかっていましたが、屋根はふきとばされ、竹林の真ん中に落ちていました。

ニムとアレックスは、つぶれたイチゴとちぎれた豆を少しひろいました。そのあと、泉《いずみ》から枝《えだ》や葉っぱや草を取りのぞき、堆肥《たいひ》の山に足《た》しました。無傷《むきず》のアボカド二こ、トマト一こ、イチゴ十こを、昼ごはん用につみとります。

「サツマイモも多分、無傷《むきず》だと思う。食べるときまで、ほりかえさないけど」

だめになった野菜《やさい》はどんどんぬいて、ぶじなものには支《ささ》えをそえました。つかれると、滝《たき》のすべり台で遊んで、ひと休み。そのあと、アレックスがいろんな物語を聞かせてくれました。〈お話の時間〉が終わると、元気をとりもどしたふたりはまた、仕事にもどりました。

夜も、アレックスはお話をしてくれました。どうくつで横になって耳をかたむけながら、ニムは声をあげて笑《わら》い、どきどきする話には息をのみました。心がふわっと温かくなるようなお話もありました。

つぎの日、ふたりは草地や浜《はま》のかたづけにかかりました。ちらばっている枝《えだ》を集めて、たき火用につみかさね、木から落ちたヤシの実も一か所に集めました。うちから飛《と》ばされたと思われるものや、新しいうちをたてるのに使えそうなものを、よりわけました。

ニムは、いろんなものを運んだり、よりわけたりしている間じゅうずっと、心配していました。

ジャックはいつ帰ってくるんだろう。

アレックスはいつ帰ってしまうのかな。

アレックスが、都会にある自分の家の話をすると、ニムはいやな気持ちになりました。アレックスはいつまでもこの島にいるんだ、というふりをしたかったからです。

〈ごちそう畑〉まで、きのうとちがう道を通っていくと、ニムのお気にいりの青いガラスびんや、くしが見つかりました。荷車も発見しました。なんと、木のてっぺんの枝《えだ》に引っかかっています。

いくら木登りが得意《とくい》でも、てっぺんの枝《えだ》までのぼるわけにはいきません。荷車の重みにニムの体重がくわわれば、枝《えだ》が折《お》れてしまうでしょう。ひとつ下の枝《えだ》までのぼって、そこから背《せ》のびをして、てっぺんの枝《えだ》をゆすってみました。荷車は下に落ちましたが、ニムまでいっしょに落ちてしまいました。

ひざのかさぶたがはがれて、また血が出てきました。ニムは泣《な》きませんでしたが、アレックスが泣《な》いてしまいました。

「ほうたいも、ぬり薬もあったのに……ニムのために救急箱《きゅうきゅうばこ》を持ってきていたのに！」

それでも、アレックスはニムを手つだって、ヤシの実のジュースで傷《きず》をあらいました。

そのあとふたりは、くしも見つかったことだし、と、泉《いずみ》で髪《かみ》をあらうことにしました。からまった髪《かみ》を二日ぶりにほぐすのはたいへんで、ニムはひざの傷《きず》よりよっぽどいたいと思いました。

さらさらの金髪《きんぱつ》をとかしているアレックスは、とてもきれいに見えました。でも、顔色はさえません。ニムのひざのことを思って、まだくよくよしているのです。

「ちょっと待ってて！」

ニムはどうくつまでかけていき、すぐにまたもどってきました。

「目をつぶって！」

ニムはアレックスの手に、ラッキー・パールを、ぽとんと落としました。

「さよならするときがきちゃったら、プレゼントするつもりだったの。でも、今あげたほうがいいと思って」

「そんな、ニム！　これは受けとれないわ！」

「お母さんの写真の前においていたんだけど、写真のお母さんには、本当はパールが見えないでしょ？　だから、あなたに持っててほしい」

アレックスが、また泣《な》きだしてしまいました。

「いい子ね。わたしがお母さんだったら、あなたみたいなむすめのことが、じまんでたまらないわ」

ふいに、アシカたちの鳴き声がはげしくなりました。ニムが丘《おか》をかけおりていくと、セルキーがむれをひきいて、海に入っていくところでした。サンゴ礁《しょう》をぬけてただよってくるおかしなものに、水しぶきをあびせたり、ほえたりしています。

ただよってきたのは、なんと、ヤシの実のいかだでした。そして……なんと、ジャックがおりて、水をかきながら浜《はま》にあがってくるではありませんか。

ジャックとニムは顔を合わせたとたん、笑《わら》いだしました。それから、だきあっておどりだしました。

けれども、うちのあった場所を見ると、ジャックは真っ青になりました。

「だいじょうぶ、ソーラーパネルとかは全部、ぶじだから」

ニムはいいましたが、ジャックは道具のことなど、どうでもいいようでした。

「おまえをひとりでおいていくなんて、ぼくはなんてばか――」

いいかけた言葉が、とちゅうで止まってしまいました。

アレックスが丘《おか》をおりてきたのです。

「いろいろ、話すことがあるの」

ニムはジャックにいいました。

Nim's Island

16

ジャックの決断《けつだん》

アレックスは、ジャックに会ったらいってやりたいことが、たくさんありました。

ジャックがほんの三日間のつもりで、ニムにるす番をまかせたことはわかっています。でも、けっきょくニムはだれもいない島に、二週間もひとりぼっちでいたのです。

ジャックがわざと、ニムにさびしい思いやおそろしい思いをさせたわけでないこともわかっています。でも、けっきょく、そういう気持ちにさせたのは事実です！

いくらしっかり者のむすめでも、ひとりでるす番させるなんて非常識《ひじょうしき》だとか、危険《きけん》すぎるとか、がみがみ、しかってやるつもりでいました。

ところが、目の前にあらわれたジャックは、ぼろぼろでした。ひげぼうぼうの、やつれたすがたで、ニムを見つめています。つかれきったその顔は、つらそうにゆがんでいます。

きっと、心の中で、めちゃくちゃ自分を責《せ》めているんだわ。アレックスは気がつきました。わたしなんかが口だしする余地《よち》がないくらいに……。

ジャックの顔は、よく見るとニムとそっくりです。会う前は、ジャックなんて大きらいだと思っていましたが、こんなによく似《に》ていては、きらいになれそうもありません。

「その方《かた》は、どなたなんだ？　どうして、こんなところに？」

やっとジャックが口をひらきました。ニムが答えました。

「話せば長いの。先にジャックの話を聞かせて。海鳥が教えてくれたあらしに、ぶつかっちゃったの？」

「まあね。この島みたいに、あらしの直撃《ちょくげき》にあったわけじゃないけれど」

風で折《お》れてしまった木々を見つめながら、ジャックが答えました。

「あらしのやつが、思ったより早くきてしまってね。ライフジャケットも命づなもつけないうちにやってきて、おまけに力も強かったから、こっちは船からふきとばされてしまったんだ。船は手のとどかないところへ流されていくし、見わたすかぎり島ひとつないしで、もう、おぼれるかと思ったよ。ところが、ヤシの実でできたいかだが、目の前に流れてきたんだ！

おいおい、何がそんなにおかしいんだ？」

ニムとアレックスは答えられませんでした。笑《わら》って笑《わら》って、たおれてしまっても、まだ、地面を転げまわっています。

「アレックスの小説《しょうせつ》に、そっくり！」

ニムはむせながら、やっとそういうと、また笑《わら》いだしました。

それから一週間というもの、三人は、せっせとはたらきつづけました。島のあちこちをかたづけて、魚をとったり、貝をほったり、ヤシの実を集めたり、〈ごちそう畑〉の世話をしたり。

夜になると、集めた枝《えだ》でたき火をしながら、アレックスが物語を聞かせてくれました。

ニムは全身を耳にして、いっしょうけんめい聞きました。一語《ご》一句《く》、わすれないように。アレックスが帰ってしまったあとも、一生おぼえていられるように……。

その日がいつくるかは、なるべく考えないようにしました。

けれども、島を去ることを最初《さいしょ》に口にしたのは、アレックスではありませんでした。

あらしのなごりが、だいぶかたづいて、島がもとのすがたに見えはじめたころ、ニムはジャックにたずねました。

「新しいうちは、いつたてるの？」

「たてないほうがいいと思うんだ」

ジャックは、思いがけない返事をしました。

「いいかげんに、ぼくのわがままをやめる潮《しお》どきだと思う。そろそろ都会にもどって、おまえにふつうのくらしをさせるときが、きたんだよ」

「そんな！　このくらしが、ふつうのくらしだよ！　あたしの好《す》きな、くらしなの！」

ニムはおこってさけぶと、アシカ岬《みさき》まで丘《おか》をかけおりていきました。

アレックスとジャックは、ウミガメビーチのほうへ、散歩《さんぽ》にいきました。

「あのふたりは、これからどうしたらいいか、相談してるんだと思う」

ニムはセルキーとフレッドにいいました。

「だけど、ジャックが本気であたしをつれて島を出る気なら、あたしはにげるか、かくれるかして、島にのこる。それで、あなたたちとくらすの。

ジャックが島を出るなんていいだしたのは、いいお父さんならそうしなくちゃって、思いこんでるから。でも、あたしはいいお父さんなんて、いらない。ジャックがジャックらしくしてくれるほうが、うれしいのに。ジャックだって、ほんとは島にいたいんだよ。このまま、島にいることにしてくれればいいのに」

ニムはもうひとつ、ねがいごとをしそうになって、やめました。そこまでのぞむのは、ずうずうしいというものです。

朝が昼になりましたが、まだ、アレックスとジャックはもどってきません。

アシカの王様が、セルキーをよびました。

「いっていいよ。あたしはだいじょうぶ」

王様がまたほえたので、セルキーは海にすべりこんでいきました。

フレッドも海草をさがしに、カサコソかけていきました。

やっと、アレックスとジャックが、アシカ岬《みさき》にやってきました。

ふたりは……にこにこ笑《わら》っていました。

送信者《そうしんしゃ》　ジャックルソー@カガクシャ・net
あて先　ディーリアデフォー@パピルス出版《しゅっぱん》・com
日時　4月21日（水）15時00分
件名《けんめい》　アレックス・ローバーより（ほんとです！）

ディーリア・デフォー様
あなたに、ちょっとしたおねがいがあります。
説明《せつめい》なんかしなくても、お安いご用と、引きうけてくださると思います。
でも、なぜこんなおねがいをするのか、いきさつを知りたいでしょうね。
他人のメールアドレスを借《か》りてメールしているわけも、
知りたいでしょうし。
事のはじめから、すっかりわかるように、

（他人のパソコンを借《か》りて）書きはじめたところです。
できあがったら送りますので、よかったら本にしてください。
あなたもきっと気にいってくれると思います。

というわけで、まずはおねがいです。私《わたし》のマンションにいって、
服と本と原稿《げんこう》と、熱帯《ねったい》の小島で役に立ちそうなものをなんでも、
段《だん》ボールにつめてもらえませんか？
このメールに、買い物リストを添付《てんぷ》しておきます。
庭仕事《にわしごと》と大工仕事《だいくしごと》の道具をあつかう店、船舶関係《せんぱくかんけい》の店、デパート、
食料品店《しょくりょうひんてん》などをまわって、リストの品を買いあつめてください。
地図も添付《てんぷ》しておきます。
供給船《きょうきゅうせん》でも、パラシュートで荷物を落としてくれる飛行機《ひこうき》でも、
ヘリコプターでも、なんでもけっこうです。

ご都合《つごう》のいい方法《ほうほう》で、荷物を地図の島まで送ってください。
費用《ひよう》は、つぎの本で私《わたし》にはらう、たっぷりの原稿料《げんこうりょう》から引いてください。
どうぞよろしく。
アレックスより

訳者《やくしゃ》あとがき

地図にものっていない南の小さな島。おなかがすいたら、そのへんの木からヤシの実やバナナをもいだり、海で貝や魚をとったりして食べる。友だちは島の動物たち。いっしょに泳いだり、「滝《たき》すべり」をしたり、海岸でのんびりねそべったり……。

それが、この本の主人公ニムのくらしです。なんとものどかで、楽しそうですよね！　とはいえ、ニムだって、遊んでいるだけではありません。学者のお父さんのジャックを手つだって、気圧《きあつ》や風向の記録《きろく》をつけたり、畑の世話をしたりもしています。

そんな、ちょっぴり忙《いそが》しくもある島のくらしを、ニムは心から気に入っています。自然《しぜん》の中で生きるのは、赤ちゃんのころから当たり前のことですし、なんといっても、アシカのセルキーや、ウミイグアナのフレッドのような、心の通じあうユニークな動物の友だちが、いつもそばにいてくれるのです。

ある日、ジャックがプランクトンの研究のため、船で海に出ていきました。ところが、船は嵐《あらし》にあい、予定の三日がたっても、もどってきません。ジャックはもちろん、ニムもたいへんなことになりました。なにしろ、ニムとジャックの島には、ほかに人間がいないのです。ニムは島でひとりぼっち……！

ジャックはぶじなのでしょうか。ニムはひとりでだいじょうぶ？

おまけに、ひょんなことから、ニムはアレックスという有名な作家とメールのやりとりをするようになったのですが、この人、ひょっとして、ニムのあこがれの冒険家《ぼうけんか》「ヒーロー」本人かも……？

物語はどんどん大きく動きだします。ニムと、笑《わら》って泣《な》いて、どきどきして、いっしょに冒険《ぼうけん》を楽しんでください！

作者のウェンディー・オルーさんは、一九五三年、カナダで生まれました。のちに、オーストラリアに移住《いじゅう》して、現在《げんざい》は、メルボルン郊外《こうがい》にある海と緑に囲《かこ》まれたモーニントン半島でくらしています。ニムのように、自然《しぜん》や動物が大《だい》好《す》きな方のようです。

この本には、ニムが浜《はま》で「ハート形の種《たね》」をひろったり、ヤシの実から「パール」を見つけたりするシーンが出てきます。オルーさんに「どちらもあなたの創作《そうさく》ですか？　それとも、もしかして、ご自分で見つけたことがあるのでは……？」と質問《しつもん》してみましたところ、「ざんねんながら、ふたつとも見つけたことはないんですよ」とのお答えでした。ただ、どちらも実際《じっさい》にあるもののようです。みなさんが、いつか見つけることがあるかもしれませんね！

なお、この本を原作にした映画《えいが》が、日本では二〇〇八年秋に公開予定です。映画《えいが》もどうぞお楽しみに！

最後《さいご》になりましたが、お忙《いそが》しい中、質問《しつもん》に答えてくださった作者のウェンディー・オルーさん、画家の佐竹美保《さたけみほ》さん、原文とのつきあわせをしてくださった杉本詠美《すぎもとえみ》さん、編集《へんしゅう》の三浦《みうら》さんをはじめ、お世話になった方々に心から感謝《かんしゃ》いたします。

田中《たなか》 亜希子《あきこ》

二〇〇八年 五月

秘密の島のニム

2008年 7 月25日　発行

著者／ウェンディー・オルー

訳者／田中亜希子

装画／佐竹美保

発行人／山浦真一

発行所／あすなろ書房

東京都新宿区早稲田鶴巻町551-4 〒162-0041　電話　03-3203-3350(代表)

ブックデザイン／タカハシデザイン室

印刷所／佐久印刷所

製本所／ナショナル製本

ISBN 978-4-7515-2472-5 NDC 933 Printed in Japan

火の山
難《なん》
どうくつ
熱帯雨林
ごちそう畑
泉
グンカン崖《がけ》